KB267864

그대를 사랑이라 말하지 않는다면

그대를 사랑이라 말하지 않는다면

초판 1쇄 인쇄 2013년 08월 16일
초판 1쇄 발행 2013년 08월 23일

지은이   한 영 주
펴낸이   손 형 국
펴낸곳   (주)북랩
출판등록   2004. 12. 1(제2012-000051호)
주소   서울시 금천구 가산디지털 1로 168,
            우림라이온스밸리 B동 B113, 114호
홈페이지   www.book.co.kr
전화번호   (02)2026-5777
팩스   (02)2026-5747

ISBN   979-11-5585-004-6 03810

이 도서의 국립중앙도서관 출판시도서목록(CIP)은 서지정보유통지원시스템 홈페이지
(http://seoji.nl.go.kr)와 국가자료공동목록시스템(http://www.nl.go.kr/kolisnet)에서
이용하실 수 있습니다. (CIP제어번호 : 2013014891)

그대를
사랑이라
말하지
않는다면

한영주 시집

book Lab

 # 서문

세상 앞에 서 있지만 세상을 잘 모르겠다.

거울 앞에 서 있지만 나를 잘 모르겠다.

수많은 얼굴을 담고 있는 마음을 오늘도 들여다보고 있다.

그래도 나를 모르겠다.

그래서 시를 쓴다.

수많은 얼굴을 담고 있는 마음이기에

그날, 그때의 마음을 하나씩 글로 써봄으로써

나를 조금이나마 들여다볼 수 있었다.

정작 시를 쓰는 것은 나를 만나기 위한 과정이었다.

어쩜 시속에 나는

어제의 나도 지금의 나도 내일의 나도 아닐 수 있음을 안다.

나에게 시는 그때그때의 마음을 남겨둘 수 있는 반성문이었다.

누구누구의 삶이 아닌 내 삶의 면면들을 들여다보고 싶을 때면 시
를 썼다.

그 하나하나의 시가 모여 시의 집을 이루었다.

부족함으로 엮은 시라서 애착이 간다.

삶은 꽃처럼 피었다져도 향기로 기억됨을 시로써 전하고자 한다.

부족함이 많을수록 마음으로 끌어안고 싶은

마음으로 이번 시집을 출간하게 되었다.

이번 시집을 출간하면서

시와 만났던 가족, 인연, 자연 등 모든 이에게 감사드립니다.

2013년 8월

한영주

 차례

서문 · 4

1부 딸들에게 보내는 편지

딸들에게 보내는 편지 1 · 12

딸들에게 보내는 편지 2 · 14

겨울 이야기 · 16

고래 소리를 닮다 · 18

고집쟁이 · 19

김치냉장고에서 거침없이 뛰어내리는 딸 · 21

깃털 하나 · 22

나비 · 24

내 딸 정민아 · 26

내 딸 정원 · 28

내 딸 정원에게 · 29

달팽이 · 31

두 딸이 · 33

딸아이와 집들이를 다녀오는 길에 · 34

딸이 세상을 말하다 · 36

못난 사람 · 37

사랑의 꽃 · 38

사랑하는 내 딸 - 정민에게 · 39

사랑하는 내 딸 - 정원에게 · 41

사랑하는 딸아 미안하다 · 43

사랑하는 정민아 · 45

사물의 이름이 불리기까지 · 46

손수건에 '정민' 이름을 새겨놓다 · 48

순천만에 가다 · 49

아가의 웃음 · 51

아빠라고 · 52

아이가 아프다 · 53

아침 산책 · 54

아침 산책에 비를 만났다 · 56

아프지 마 아프지 마 · 58

엄마라서 · 59

이 세상을 돌아서 너는 왔니 · 61

이별 · 62

자전거 산책 · 64

잠시 이별 · 66

저녁 산책 · 68

정민에게 · 70

정민이가 아프다 · 72

정민이의 첫 생일을 맞이하며 · 74

정원이 뭐 해? · 76

첫 돌도 되기 전에 세상을 걷다 · 77

큰딸과 광양 5일장에 가다 · 79

큰딸아이와 산책 · 81

해바라기 · 83

흔들리며 걷는 · 84

2부 생각의 직선

2012년도 12월 31일 · 86

가족 1 · 88

가족 2 · 89

강화도 여행 · 90

결혼 2주년 · 92

고당 한옥 카페 · 94

고속도로를 달리다 · 95

공백 · 96

공복 · 97

그녀의 안경 · 98

그대 · 100

그대가 있는 그곳에도 · 102

그대는 선희 · 103

그대를 사랑이라 말하지 않는다면 · 104

그대의 사랑에 · 105

그대의 사랑을 · 106

그대이기에 · 107

꽃 · 108

나 그대 아니면 · 109

나무처럼 · 110

내 가족 · 112

내 님 · 113

달력 · 114

달이 가다 · 115

닭볶음탕을 먹다 · 116

별은 간격으로 사랑한다 · 117

별이 · 118

부부 · 119

사랑 · 120

사랑, 다른 이유를 찾아도 · 121

사랑은 · 122

사랑의 속삭임 · 123

사랑이겠다 · 124

생각의 직선 · 125

소파에 누워 있는 아내를 보며 · 126

소파에 대하여 · 128

아내 · 129

아내를 위한 십계명 · 130

아내에게 · 132

아내와 맥주 한 병씩 마셨다 · 133

야식 · 135

연리지 · 136

영원한 사랑 · 137

운전 연습 · 138

이곳 · 140

저편에 서 있는 그에게 · 141

첫 만남 그 이후가 더 설레는 사람 · 142

추억 나들이 · 143

행복 · 145

행복의 크기 · 146

3부 아버지

4월, 눈이 날리다 · 148

가족을 만나다 · 149

광양에 가다 · 150

그대의 봄은 어디에서 오는가 · 151

꽃과 바람이 만나다 · 152

나무 · 153

나무 예찬 · 154

내일부터 장마 · 155

눈 - 악 쓰고 가다 · 156

담쟁이덩굴 · 158

마른장마 · 160

목련 · 161

목련꽃 · 162

민들레 · 164

반딧불이 · 165

벚꽃 피다 · 166

별 하나 있다 · 167

비 오는 날 · 168

비 오는 날에 · 170

시골집 하늘에서 별을 따다 · 171

아버지 · 172

아침 안개 · 174

어릴 적 나의 집 · 175

어머니 · 176

엄마 · 178

여행 · 179

왜 폭설로 또다시 내리는가 · 180

울산, 정자해수욕장에 가다 · 182

작은 새이고 싶다 · 183

장마 구름 1 · 184

장마 구름 2 · 185

점과 길 · 186

친구 · 187

친구를 만나다 · 188

칼바람이 불다 · 190

푸르다는 이유로 · 191

할머니와 냉이 · 192

4부 풍선 불기

63빌딩 씨월드에 가다 · 196

4대강(한강, 금강, 낙동강, 영산강) · 198

10월 31일 · 199

가을 저편 · 200

가을나무로 서 있기보다 · 201

가을비가 내렸다 · 202

같은 혹은 다른 · 203

거미줄에 걸렸다 · 204

겨울나무 · 205

그게 가족이다 · 206

꽃다발 · 207

낙엽 · 208

내 안의 소리 · 209

노을로 지다 · 210

눈-꽃 · 211

달빛 1 · 212

달빛 2 · 213

리어카에 폐지 줍는 할머니 · 214

바람에는 소리가 산다 · 215

산정호수 · 216

세상이 말을 걸어올 때 너의 언어로 노래하라 · 217

시골집 하늘과 별 · 218

쓸쓸함 · 219

일산시장 그 · 220

잠시 지나가는 바람이게끔 해다오 · 221

장마 · 222

저 들꽃 흔들리는 자리에서 · 223

추석 · 224

태풍(볼라벤, 산바) · 225

폭설, 그 끝은 · 226

풍선 불기 · 227

흰 눈이 내린다 · 228

5부 교사의 길

8자 마라톤줄넘기 · 230

고추잠자리 · 232

교문 옆 소나무 한 그루 섰다 · 234

교사의 길 · 235

교육이란 이름으로 · 236

김원목, 나는 학폭담당교사이다 · 238

나는 누구인가 · 240

늦다리밟기를 하다 · 242

문선희, 그대는 교사랍니다 · 244

방학하는 날 · 245

봄처럼 왔다 · 247

사랑의 열매 · 249

스승의 날을 기념하며 · 250

시험 · 252

아파트 옥상이 한 뼘씩 자라는 · 253

잎과 바람 · 254

장미 보다 · 255

제1회 현산작은음악회 · 257

축구를 하다 · 259

학교 · 260

회갑 · 261

1부

딸들에게 보내는 편지

딸들에게 보내는 편지 1

내 딸들아

문밖에는

걸어가야 할 길이 있다

자신의 힘으로

서는 것조차 조심스럽고

걷는 것조차 흔들리는 일이지만

문밖을 나서는 순간

홀로 바람 속에 균형을 잡고

버티고 찢겨도 서는 것으로

두 발에 힘이 남아 있다면

세상의 반은 아는 것이다

나머지 반은

나무의 시작과 끝을 보는 것이다

그렇다 하여

세상을 다 아는 것이라고

세상을 다 가진 것이라고

생각의 퍼즐을 맞추진 말아라

세상은 퍼즐이기 전에

하나의 생명체로 시시때때 변하고 있다

작은 뿌리가 큰 뿌리로 성장하는 것은

세상을 그만큼 꽉 움켜쥐고 있기 때문이다

두려울수록

힘겨울수록

세상을 꽈악 움켜쥐거라

사랑한다

딸들에게 보내는 편지 2

한 걸음 딛기조차 힘겨워
아직은 아빠의 손에 의지해 서 있는
딸아
뿌리의 깊이로 서 있는
저 나무도
바람에 흔들려야
뿌리를 땅 깊이 뻗는다
뿌리도 없이
세상에 버티고 서 있다는 것이
힘겨워
오늘도 아빠의 손에 의지해 서 있지만
언젠가 그래 그 언젠가
아빠의 손을 떠나
너에 뿌리로 서 있는 시간이 올 때

그때 저기 나무를 한 번 보거라

걷지 못하는 나무도

한 번은 걷고 싶어

뿌리를 뽑아 한 걸음 딛고 있구나

너는 뿌리 없이 걸어도

지금 서 있는 곳에

너를 받쳐줄 뿌리가 돋고 있음을

발걸음마다 땅 깊이 뻗을 뿌리가 자라고 있음을

기억하고

아빠의 손이 너를 떠날 때도

두려워하거나

힘겨워하지 말고

앞으로 저기 저 앞으로 나아가거라

뿌리가 뽑힐지라도

겨울 이야기

큰딸과 영하 6도와 겹친 바람
차갑게 악수하며 나선 썰매 타기
대문 밖 길에 썰매를 내려놓고
딸을 앉히고 새끼 꼬듯 걷기
몇십 미터 전진 후 내리막길 타기
그렇게 20여 미터를 내려간 후
마을로 들어오는 다리 위
다리 밑으로 흐르는 냇가
다리 위쪽엔 반대편에 닿을 꿈으로
얼어가는 냇가
그 얼음 위를 애타게 걷는 새
날지 않고 발만 종종거리는 새
딸아이가 눈 위를 걷는 모습 같다

한 마리 천둥오리는 온천마냥

냇가를 유유히 헤엄치고

딸아이 볼에 닿은 겨울바람은 연탄마냥

뻘겋게 탄다

천둥오리 같은 딸아이

아무렇지 않은 듯 물 위를 헤엄치는

천둥오리 같은 딸아이

겨울바람은 앞산의 솔바람을 휘몰고 와

영하 6도와 얼싸안고 딸아이 옷깃을 비벼대도

따뜻한 딸아이의 겨울

다리 위에서 보는 설경이 솜털같이 따뜻하다

눈 위를 걷는 딸아이의 발자국에

꾹 눌러 쓴 겨울 이야기가 피고 있다

고래 소리를 닮다

<부제 : 작은딸의 7개월 옹알이하는 소리>

그래 너도

세상에 끼고 싶은 게다

내지르는 소리가 고래를 닮았다

동해를 헤엄쳐 온 고래가

어느새 가슴에서 사는지

등지느러미 간질간질 나는지

양팔을 저어 봐도

물 없이 허우적거리는 모습 같다

아직은 때 이른 모습 같다

그렇게 뛰쳐나오지 못한 고래가 답답했을까

서너 차례 세상이 터질 듯

고래 소리를 내더니

입안에선

고래 한 마리가 헤엄쳐 갔다

고집쟁이 - 정원에게

두 돌이 한 달 남짓 지난 지금도
고집스럽게 공갈을 무는
잘 웃고 웃어주는
잘 먹고 먹어주는
잘 말하고 말해주는
네가
싫은 건 하지 않으려 하는
네가
아빠는 고집이 세다고
말하면서도
한편으로는 그런 네가 참 좋다
세상은 물처럼 바람처럼 살라 해도
물도 바람도
억척스럽게 흘러야 바다를 만나고
고집스럽게 불어야 천지를 채운다
아직 작은 땅을 밟고 가는
네가
세상을 다 밟기 위해서는
물처럼 바람처럼 가야 한다
고집쟁이가 되어
세상의 벽에 부딪쳐서도

유유히 넘어가는
네가
지금 하기 싫다고 그래서 안 하겠다고 하는
네가
아빠는 참 좋다
고집쟁이 네가 참 좋다

김치냉장고에서 거침없이 뛰어내리는 딸

세상이 얄밉다

세상이 두렵다

세상이 배신했다

이런 생각이 들 때

김치냉장고에서 거침없이

뛰어내리는

그날을 기억하자

받아두지 않으면

그대로 낙하

세상이 생각과 다르게 흘러

두려울 때

두려움 없이 받아줬던

김치냉장고에서 거침없이 뛰어내린

그날

어쩌면 벼랑에 멈췄던 바람도

아무렇지 않게 뛰어내리는 건

저 밑에 바다가 있을

김치냉장고 밑에서 기다리는 아빠가 있을

믿음

아빠의 손은 항상 너를 기다리고 있다

깃털 하나

하늘도 외면한 깃털 하나
길바닥에 놓여 있다
어떤 새의 나는 기억이
남았을까
중력을 거슬러 날아오른다는 것
하늘의 동편 서편 날 수 있다는 것
그것마저 버리기는 어려웠을까
깃털 하나
어렵사리 나는 기억을 풀어낸다
바람을 한껏 끌어내어
몇 번이고 날아보려 하지만
끝끝내 추락의 기억만 되새김질하는
깃털 하나
딸아이가 그 모습 안타까워
입술로 바람을 모아 불어내도
몇 걸음밖에 벗어나지 못하고
추락하는 깃털 하나

날개 없이 나는 건

나는 기억만 남아 있다는 건

때론 아픔이 되는 일

때마침 하늘을 나는 새 있다

깃털 하나 떨어져나가도

기억하지 못하는 새는

무심히 날아가고

그리워 그리워 날고 싶은

깃털 하나

덩달아 내 마음도

들썩들썩

나비

시골집 앞

길옆에 도라지 밭이 있다

하얀 날개의 나비 서너 마리가

나풀나풀 난다

나비의 날개 닮은 도라지꽃 잎에 앉거나

터지지 않은 도라지꽃 위에 앉았다

이내 떠나는

큰딸, 작은딸의 눈이 나비 쫓아 난다

곧은 선의 방향이 아닌

허공에 낙서하듯 나는 나비는

이 꽃에 앉았다가

이내 저 꽃으로 가는

꽃마다 사랑의 입맞춤을 한다

지나는 바람이 부러운 듯

도라지꽃을 툭 건들고 가는

때마침 갓 돌 지난 작은딸 옷이

나풀나풀

작은딸이 흔들린다

큰딸이 나비를 가리키며

나비의 날갯짓을 흉내 내는

한 마리의 나비를 꿈꾸는 건 아닐까?

나비의 입맞춤이 닿지 않은

터지지 않는 도라지꽃에

큰딸이 다가가 입맞춤을 한다

수줍은 듯 떠는 도라지꽃이

금방이라도 필 듯 향기가 뜨겁다

큰딸, 작은딸이 나비였듯이

옷이

바람에 나풀나풀

날린다

내 딸 정민아

아직은 서툰 걸음
딛는 걸음이 흔들린다
부는 바람은 없어도
마음에 바람을 안고 사는
내 딸 정민아
흔들림으로
가는 시계가 있다
물건 잡는 손이
허공을 잡고 설 때도
한두 걸음 걷다 주저앉아도
다시 일어서는 너는
다시 꽃게처럼 옆으로 걷는 너는
포기하지 않는
두려워하지 않는

방과 거실 구석구석
좁은 세상
드넓은 시야로 사는 너는
개나리꽃 웃음을 닮은 너는
아빠, 엄마라고 불러주는 너는
흔들림으로 흔들리지 않는 너는
6월이 지나야 갓 돌이 되는 너는
내 딸이다
사랑함으로
사랑을 일깨워주고 싶은 나는
네 아빠다

지금처럼 자라다오
내 딸 정민아

내 딸 정원

어떤 선물로

아빠 마음을 채워주어도

널 채운 아빠 마음

어떤 행복으로도 대신할 수 없다

바다를 바다이게 한 마법의 소금맷돌처럼

아빠를 아빠이게 한 내 딸 정원

네가 아플 때면 눈물은 바다였다

네가 웃을 때면 마음은 파도였다

나날이 더해지고 깊어지는 말로

나날이 알아가고 걸어가는 세상

어린 심장이 딛고 서서 부르는 노래로

아빠 심장이 듣고 가는 세월의 무게가

힘겨워도

짓눌려도

아빠는 쓰러지지 않는다

아빠는 포기하지 않는다

아빠라는 이름으로

살아가게 하는 너를

걸어가게 하는 너를

딸이라는 이름으로

사랑하게 하는 나를

행복하게 하는 나를

내 딸 정원에게

내 딸 정원아
너에게 미안한 마음이구나
너를 처음 만난 날에는
작았던 키가
부쩍 컸구나
혼자 보내는 시간이 많은
내 딸
가끔씩 잊고 있구나
너도 아직 아기라는 것
너도 아직 아빠가 절실히 필요하다는 것
눈높이에서 머물 것 같던 아빠도
너와 눈높이 맞추는 법을
잊어가는 것 같구나
피곤하다고
홀로 잘 논다고
너와 눈빛 맞추는 시간을
줄이고 있었구나
퍼즐 맞추기를 하다가
아빠를 데려가는 너를 보며
아빠는 미안했다
너에게 가장 절실했던 시간을
벗어나

나와는 상관없는 TV 속 얼굴로

시선과 관심을 두고 있는 아빠를 향해

너는 꾸짖고 있었구나

'아빠, 나와 놀아줘! 난 아빠가 필요해!'라고

너는 아빠를 바르게 이끄는구나

딸아

한 번은 너그러이 용서받고 싶은

아빠구나

아빠의 눈이 너의 깊은 곳에 닿을 때까지

많은 날

너를 향해

키 작은 아빠가 되는

시간 시간

너를 벗어나 불리어지지 않는

아빠라는 이름

그 소중함을 잊지 않기 위해

너의 이름을 불러보고 싶구나

내 딸 정원아

사랑한다

달팽이

바람이 붐비는 나뭇잎 사이사이

화단마다 일렁이는 꽃향기와

지는 해가 스머드는 서녘 하늘

두 딸아이와 산책에 나섰다

아파트 단지 내 산책길에서 만난

달팽이 한 마리

비가 온 후 그친 틈

달팽이도 산책을 나왔나 보다

무릎 높이 돌담 위를

스르르 더듬더듬 느리게 가는

시간의 집을 짓고 사는

그 속을 드나들고

더듬더듬 생을 짚고 가는

쉼 없이 가도

닿지 않을 먼 길 같은

한 걸음의 길

더듬더듬 느리게 가는

달팽이 한 마리

큰딸아이가 달팽이를 가리키며

'달팽이 뭐 하니?' 자꾸 되묻는다

내 눈에는 그저 느리게 가고 있는 달팽이가

큰딸아이 눈에는 다른 이유가 있나 보다

한참을 달팽이 모습을 지켜보며
점점 커져가는 시간의 집이 힘겨워
내려놓고 빠르게만 가려 하는 아빠에게
큰딸아이는
더듬더듬 느리게 가라고
사는 게 힘겹다고
시간의 집을 내려놓으면 안 된다고
'아빠는 뭐 하니?' 자꾸 되묻는 것 같다
아내와 두 딸이 사는
시간의 집이 커져가도
내려놓을 수 없는
질기게 메고 사는
달팽이 아빠가 되고 싶은
두 딸아이와 산책을 했다

두 딸이

엄마, 아빠
내가 불렀던 사랑이

두 딸이
내게 불어준 사랑이

너를 만나지 않고서는
너를 사랑하지 않고서는

두 딸의 눈에
눈 맞춤의 기쁨도 몰랐을 테고

두 딸이 입술에
입맞춤의 행복도 몰랐을 테고

두 딸의 걸음에 디딤이 될 수 있는
나의 삶이
가볍지 않음도 몰랐을 테고

오직 너를 만나고 얻은
오직 너를 사랑하고 받은

두 딸이
있다

딸아이와 집들이를 다녀오는 길에

<부제 : Rush hour>

어스름한 한강

불빛이 타고 넘는 물결

줄지어 켠 가로등과

개미굴로 향하는 일렬의 숱한 자동차

헤드라이트 빛을 앞차 고리에 걸어

끊길세라 더디게 기는 자동차

뒤차를 힘겹게 *끄는* 앞차와

못이긴 척 끌려가는 뒤차

저기 그리움의

하늘로 빽빽이 솟은 아파트마다

칸칸이 들어찬 빛

채 어둠이 풀리지 않은 창을

한 줄기 달빛만이 두드리고 가는

황량함

한강은 흐른 듯 흐르지 않은 듯이
유람선만이 앞뒤 없이 어둠에 묶여 있다

앞차와 뒤차의 압축된 헤드라이트 빛에
갇힌 나의 차는 꼼짝하지 못한 채
가다 섰다 가다 중
앞차에 걸어둔 헤드라이트 빛이
늘어질까
뒤차가 걸어둔 헤드라이트 빛이
끊어질까
어찌할 수 없이 일정한 간격을 안간힘으로
유지하며 가는 길
앞차에 헤드라이트 빛을 팽팽히 걸어봐도
나의 차가 가야 할
개미굴은 아득하기만 한데

딸이 세상을 말하다

<부제 : 아빠의 바람>

말이 부쩍 느는 딸이

세상을 말하다

2주 후에 두 돌이지만

세상을 반쯤은 아는 듯하다

엄마 아빠뿐만 아니라 관계된 사람들도 아는 듯하니

누구와도 친구가 될 수 있을 것 같고

좋고 싫음의 구별이 뚜렷한 걸 보니

판단의 우유부단함도 없을 것 같고

어둠 속에서도 태명이 밝음이어서 그런지

세상의 밝고 아름다운 면을 먼저 바라볼 수 있을 것 같고

자신의 것을 엄마, 아빠, 동생에게 나누어주는 모습을 보니

주위의 친구를 사귀는 데 어려움이 없을 것 같고

사물의 이름도 척척 말하는 걸 보니

세상 속에서 자신의 존재 또한 찾을 수 있을 것 같고

놀이의 방법을 스스로 찾아서 하는 걸 보니

삶의 속도를 여유와 즐거움으로 바꿀 수 있는 능력도 있는 것 같고

무엇보다 얼굴에 웃음을 피워내는 힘이 있으니

고난과 어려움 속에서도 행복을 찾을 수 있을 것 같고

못난 사람

그대의 울음

가슴이 찢긴다

어디로 갈 수도 없었다

찬 겨울

하늘은 그대의 마음마냥

여전히 푸르다

날개 없이 사는 새의

비애

막힌 천장만 바라볼 뿐

날 수 없어

머물러 있다는 건

작은 심장이기 때문이다

어디로 갈 수 없어

목청껏 우는 그대

눈물 닦는 손이

미안하다

우는 마음을 달래야 하는

그 시간이 아프다

작은 심장에

아픔 한 점 찍었던 못난 사람이

그대의 아빠다

사랑의 꽃

하나의 점이었다

그녀의 노래는

싹을 틔웠고

꽃을 피웠다

하나의 점이 점점 커져

발자국으로 자랐다

어느덧

발자국이 건넌다

이 방에서 저 방으로

아장아장 뚜벅뚜벅 따닥따닥

바람이 긋는 시간이

웃는다

거실에 시계 초침이

웃음에 걸려 멎어 있다

매일 피는 아가의 꽃이

그녀의 마음에

사랑의 꽃으로

핀다

사랑하는 내 딸

<부제 : 정민에게>

2012. 7. 2.

오전 9:19, 4kg

그날

탯줄이 끊겼을까

울음이 들리고

아빠와의 첫 만남으로

너를 알렸다

점점 성장하는 너와

점점 알아가는 눈빛

아빠가 너를

왼팔로 엉덩이를 받쳐 들고 안을 때면

너는

아빠의 어깨에 볼을 기댄 채

왼팔로 그래 아빠의 목덜미를 꼭 감쌌다

숨소리가 들리고

심장의 울림이 느껴지고

너에 편안함과 아빠의 행복감이

자석처럼 강하게 당겼다

아빠의 모습에

아빠의 얘기에

아빠의 행동에

어떤 예술가도 표현할 수 없는 미소로
답하는 너는
아빠라는 이름 속에
아빠라는 삶 속에
깊숙이 들어와 있다
어떤 바람이 불어도
어떤 햇살이 날려도
어떤 구름이 가려도
아빠의 손이
너를 언제나 기다리고 있다는 사실
아빠의 마음이
너를 깊이깊이 사랑하고 있다는 사실
사랑하는 내 딸
아빠라는 이름
네가 지어준 이름이다
이보다 더한 선물은 없다

사랑하는 내 딸

<부제 : 정원에게>

너와 만나서

꽉 찬 시간을 보내는 하루

아빠의 이름으로 불린다는 것

너 아니면 얻을 수 없는

너 아니면 불릴 수 없는

행복이다

말로 표현하지 못한 말들 다

쏟아 부어 너를 말해도

아빠 안에 너는

무엇으로도 대신할 수 없다

이리저리 뒤척이고

아빠 옆에서 잠든 너를 보는 아빠의 눈도

안아달라고 양팔을 하늘로 뻗어 올리는

너를 가슴 깊이 안고 있는 아빠의 마음도

너 아니면

얻을 수 없고

느낄 수 없는

행복이다

아빠를 바라보는 너의 눈은

많은 것을 말하지 않아도

많은 것을 들을 수 있는

눈빛이다

아빠는 안다

너도 아빠를 사랑하는 마음

사랑하는 내 딸

너보다 더 뜨겁게

너를 담고

너를 안고

너를 보는

아빠는 너로 인해 불려지는

고귀하고 행복한 이름이다

현재가

무엇과도 바꿀 수 없는 선물이듯

너는

아빠에게 온 가슴 찡한 선물이다

사랑하는 딸아 미안하다

너의 울음이

귓가에 울린다

심장이 뛰는 것조차

부끄럽다

감미로운 피아노 소리로

덮기엔

너의 눈엔

천둥이 쳤다

하늘은 푸르기에

비는 오직

너의 눈에서 내렸다

울음조차

지우지 못한 아빠라는 말

그 말을 하고

그 말을 들어야 하는 그 시간

아빠는 너의 눈을 볼 수가 없었다

너의 눈에

오늘의 기억이

지워지지 않고

잊어지지 않아서

천둥이 치고

울음을 쏟아낼 때

너의 눈물 닦을 수 있는
아빠의 손을 허락해다오
부디 아빠를 허락해다오
아빠라고
아무렇지 않게 불러주는
너를 생각하며
고마움과 미안함에
가슴이 미어진다
한 번의 기억조차 두려웠을
그날
용서해다오
내 딸들아
사랑한다

사랑하는 정민아

13개월의 정민아
몇 단어밖에 할 수 없는
그 몇 단어 중에 아빠라는 말
몇십 번을 들어도
몇백 번을 들어도
기분 좋은 말
아장아장 뚜벅뚜벅
흔들흔들 뒤뚱뒤뚱
아직은 서 있다는 것이
낯선 일이고
기특한 일
나무에 바람이 부는
잎이 흔들리고
흔들리며 살아가는
지금도 걸어가는 꿈을 꾸는
사랑하는 정민아
일어서는 순간
혼자서 가는 길이
흔들리고 흔들려도

아빠를 향해 두 팔 벌려
걸어오듯이
세상을 향해 두 팔 벌려
걸어가거라
저기 먼 길에서 오는 바람이
옷깃에 머무를지라도

사물의 이름이 불리기까지

<부제 : 큰딸의 단어 배우기>

사물의 이름이 불리기까지

그 사물이 먼지 속에 묻힐 때

누군가의 입에서 의미 없이 불렀던 이름

딸아이의 입으로 생명을 얻어가는 일

한 단어가 살아나고

또 한 단어가 살아나는

세상을 알기엔 턱없다 여겨도

한 단어가 한 사물이

이름이 불리고

그 이름이 5월의 햇살 같을 때

몇 번을 되묻고 대답하는 사이

세상에 한 걸음 딛고

다시 막힌 듯 보여도

몇 번을 서툴게 읊조리고

따라하는 딸아이의 입에서 살아나는

그 무엇

세상은 닫힌 창 너머

느낄 수 없는 거센 바람이 쉼 없이 지나고

세상을 알아가는 연습은
사물을 알아가는 것이라고
딸아이는 한 걸음보다 몇 갑절은 느리게
세상에 닫힌 문을 열어가고

손수건에 '정민' 이름을 새겨놓다

한 땀 한 땀
바늘은 손수건을 찔렀다
어김없이 실은 바늘이 가는 길을
따르고 있다
어머니의 첨예한 사랑
그 사랑은 아픔이 아니라
아픔을 깁기 위한 사랑이다
손녀가 돌도 되기 전
어린이집 가는 것이 안쓰러워
눈물 맺힌 바늘로
한 땀 한 땀 뚫고 새긴 이름
손수건마다 깊은 눈빛 새기며
실로 그 사랑 수놓은 마음
뭇 손수건이 화려하여
어떤 이의 손에 들려 있어도
손녀의 손에 들린
사랑의 무게와 깊이의 '정민 손수건'은
어린이집의 힘겨움과 아픔도
말갛게 닦을 겁니다

순천만에 가다

작은딸은 엄마 애기 띠에

큰딸은 아빠 팔에 안긴 채

순천만에 갔다

햇살이 녹아든 바람이

겨울을 잊은 듯 부드럽다

겨울인데도

많은 사람들의 발걸음이 갈대처럼

솟아나 있었다

매표소에서 큰딸이 건네는 돈으로

표를 샀다

큰딸이 좋았는지 걷기 시작한다

얼굴엔 웃음이 갈대꽃처럼 피어

웃을 때마다 갈대의 바스락거리는 소리가 들린다

작은딸은 제 몸을 꺾어

푹신한 둥지를 허락한 갈대 같은 엄마 품에 잠들어 있다

순천만의 핏줄 같은 목조다리 위로 사람이 지나고

밑으로는 순천만을 이룬 갈대의 왕국이다

사람이 지날 때마다 환영의식을 치르는 수백 마리 새와

갈대의 춤사위가 찬란하다

바람만이 빽빽한 빈 하늘도

순천만, 그곳엔

수백 마리 청둥오리가 떼 지어 날고

수천 송이 갈대꽃이 수놓아 있다

순천만을 오가는 사람들 마음에도

갈대가 갓 피기 시작했을까

잦은 바람에도 흔들리다 꺾긴 그림자를 떼어내고

사람들 발자국마다 바람에 춤추듯 흔들리며 걸어간다

순천만 출구를 빠져나온 큰딸의 걸음도 심상치 않다

아가의 웃음

호수에 사뿐히 날아와 앉은

오후 햇살

물오리 깃에 나른한 시간의 퍼덕거림

저기 저

하늘에 아가의 얼굴 닮은 구름 한 조각

바람에 업혀 호수 표면에 내려앉아

저기 저

호수 깊이 흐르는 구름

때마침 호수로 날아든 돌멩이 하나

온통 호수에 전율하는

그 생동감

그 행복감

아빠라고

아빠라고
가슴 뭉클해지게 불러주는
두 아이의 아빠가 되었습니다
밤하늘에 수억 개의 별이
우수수 떨어져도
내 품에 안기는 이 별보다
빛나진 않습니다
혜성이 지상을 향해 빠르게 떨어져도
아빠라고
그 품으로 달려드는 속도보다 빠르진 않습니다
시시때때
놀라움과 행복감이
두 눈에 그렁그렁 맺히고
땅을 움켜쥔 나무뿌리보다
더 단단히
아빠라고
움켜진 작은 손이 있습니다
바람에 걸린 햇살보다
더 따뜻하게 달려와 안기는
아빠라고
사랑해주는 두 아이가 있습니다

사랑하는 두 아이가 있어
난 오늘도
아빠가 됩니다

아이가 아프다

수억 개의 빗방울
아가의 눈물
그 빗방울에 젖은 나
슬픔에 갇혀
고개를 든 채
하늘만 하늘만

아침 산책

어젯밤 어둠조차 떼어지지 않은
아빠에게
'아빠 일어나 아빠 일어나'
간절히 흔들어 깨워보는 딸
7시, 두 눈은 아침이 들어오기엔
비좁기만 한데
딸의 아침이 꽉 찬 눈이
심심한 모양이다
그런 딸에게 아침 산책을 제안하고
친구에게 얻은 유아용 자전거에 태워
육교를 지나 중앙공원에 가는 길

나무는 바람에 엉겨

잠을 설친 듯 뒤척임이 거세고

하늘은 깊이 잠든 채

얼룩무늬 구름이불을 온통 끌어다 덮고 있다

참새 몇 마리만이 닫힌 아침의 문을 여느라

분주히 옮겨가고 있다

유아용 자전거에 탄 딸이

풀어내는 질문과 그 답이

초록의 메모장에 빽빽이 채워져 있는

그 답을 짚어가는 동안

중앙공원 안으로 들어섰다

눈 떠오는 아침의 뒤척임마저

분수대의 고인 물 위로 몇 마리의 소금쟁이가

팽팽히 잡아주는 물결을 넘어

어느새 아침은 내 눈에도 들어와 있다

새 물결로 다가오는 저쪽 시간마저

소금쟁이 아기가 단단히 잡아주는

아침의 노래가 끝나갈 무렵

딸의 마음이 홍얼홍얼

아침을 넘어 하루를 팽팽히 잡고 있는

딸과 아침 산책을 마치고

집으로 왔다

아침 산책에 비를 만났다

두 딸을 자전거에 태우고 아침 산책을 나섰다

하늘에 밝은 회색구름이 덮여 있기에

비를 외면할 수 있다 여겼다

10여 분쯤 가는데 한 방울에 더 더 더

내리더니 이내 비에 갇히고 말았다

마침 비 피할 곳이 있어

두 딸과 비를 피하면서 비를 보았다

풀과 나무, 꽃과 바위, 가로수와 정자, 길과 아파트

어느 하나 그 자리에서 비를 다 맞고 있었다

비에 갇혀 비를 피하는 나와 두 딸에게

그들은 보여준다

견디지 못할 일은 없다

많은 하늘을 담고 사는 그들처럼

하늘에 더 가까워지는 것은

피하는 데 있는 것이 아니라

그 비를 이해하고 그대로 받아들이는 것

숨어서 그 비를 지켜보는 것이 아니라

당당히 맞닥뜨리며 자신을 지켜내는 일이란 걸

두 딸과 비를 피하면서

비와 만나서 풀어내는 그들의 얘기에

귀 기울일 수 있는 시간이었다

한참 후

우산도 없이 아침 산책을 나온
두 딸이 걱정되었던 엄마와 삼촌이
빗속에 길을 내며 달려왔다
그들처럼
그 빗속을 당당히 나설 수 있었다
우산 속에서 두 딸과 비의 소리를 들으며
비에 갇힌 세상 속으로 당당히 들어갔다

아프지 마 아프지 마

네가 아프니
나도 아프구나

네가 웃으니
나도 우습구나

네가 행복하니
나도 행복하구나

네가 있어
나도 살고

네가 있는 것으로
나도 있는 것이구나

아프지 마
아프지 마

작은 네가 감당하기에
어린 네가 힘겨워하기에

가슴을 에워싸는 간절함도
너를 대신할 수 없는 아픔이구나

엄마라서

하늘의 비도
그 마음 알아서였을까?
아가의 아픔이
들끓는 노을 속에 타도
차갑던 바다마저 태우는
그 마음 있어
하늘엔 달도 별도 뜹니다
엄마라서
아플 수도 없다며
아가를 먹이고
아가를 키우고
아가를 재우고
그대의 몸이
부푼 풍선처럼 변했어도
삶의 일부분으로 태어나
삶의 전부가 되는 사이
모유를 먹이는 그대의 검은 눈동자엔
별보다 더 빛나는 마음이
선 명 하다
아가를 안고
아가를 업고
아가를 잡고

하나에서 시작된 숫자가 끝없이 채워간대도

그대의 사랑은 채울 수 없는

깊이

엄마라서

그대가 아가의 엄마라서

그대에게 오는 아가의 눈동자가 발걸음이

평 온 하다

살을 빼고

처녀 적 몸으로 돌아간대도

엄마라서

부푼 몸도 삶을 함께하는 나에게

어떤 꽃으로 어떤 향기로

가질 수 없는

그 자체로 아름다운 사람

엄마라서

아내라서

이 세상을 돌아서 너는 왔니

<부제 : 정민이를 위해>

이 세상을 돌아서
너는 왔니
찾다 찾다 나를 찾아 온
너를
아빠는 매일처럼 꿈을 꿨다
내 눈에 찬 너를
사랑하는
아직은 걷지도 못하고
아직은 말도 제대로 못하는
너를
온전히 사랑하는 법
서툰 몸짓에 웃어주는 너를
바보 같은 표정에 웃어주는 너를
이 세상에 오직
나만이 들을 수 있는
나만이 책임질 수 있는
아빠라고 너는 불러주었다
너무도 따뜻이 웃어주고
너무도 반갑게 손 내밀어주고
너를 안고 있는 거친 가슴이
따뜻해진다

뭉클해진다
이 세상에
아빠라는 이름이 값진 것은
이렇게 너를
나는 안고 있다

이별

아내와 두 딸을 처가에 두고

광양에서 교하로 가는 날

큰아이가 운다

아빠, 아빠, 아빠, 라며

운다

어떤 이별이 이보다 더 애절할 수 있을까

큰아이와의 이별도

더 이상 시간을 미룰 수 없어

현관문 밖으로

엘리베이터의 층층이 밟고 오는 소리가

뚝 멎고

문이 열리고

그 안으로 무겁게 들어갔다

그때까지도

할아버지 품에 안겨 우는 큰아이

좁혀지는 문 사이로

큰아이의 모습도 닫히고

엘리베이터는 아빠아 아빠아 아빠아

소리를 내며 내려갔다

엘리베이터 문이 열리고

차에 타서 시동을 켜는데

큰아이의 울음이 어느새 차 전체를 덮고

아빠 가지 마, 아빠 가지 마
소리를 낸다
다시 탈 걸 아는 듯
엘리베이터 문이 열리고
큰아이의 울음을 닦아주려
1시간을 더 머문 뒤
큰아이 몰래 나왔다
차는 아빠 갔다 와, 아빠 갔다 와
소리를 내며
만남의 거리를 늘렸다

자전거 산책

두 딸과 함께 가는 저녁

자전거 산책

각각 한 대씩 나눠 타고

엘리베이터로 1층까지

그리고 출발이라고 외치는 정원이

아빠와 함께라면

어디든 갈 수 있다고

손가락으로 가리키는 방향 따라

자전거 손잡이를 잡은 아빠 손이

무겁게 설레는

아파트 단지로 들어오는 입구 쪽

가로수 화단에 돋아난 강아지풀 보고

예전에 알려주었던 강아지풀이 기억났을까

'강아지풀' '강아지풀' 연신 말하는 정원이

한 가닥씩 뽑아달라고

두 딸은 손에 강아지풀 한 가닥씩 뽑아들고

저기 노을빛 닮은 웃음 짓는

두 딸의 웃음을 봤을까

자동차도 빠르게 웃으며 가는

아빠한테

강아지풀 반으로 나눠 코에 붙여보라고

자연을 아는

자연을 닮은 딸이

참 이쁘다

길마다 자연스레 물든

나무와 풀들 그리고 그 안에 두 딸

귓가를 채우는 바람소리

설레는 마음으로 가는 바퀴

교하 중앙공원 교차로와 아파트 단지를 가로질러

교하중학교 교문 앞에 있는 놀이터를 놀듯이 지나

추억의 바퀴자국을 들꽃처럼 피우며

다시 1층 앞 현관

아빠와 두 딸이 스르르 시간을 담고

돌아왔다

잠시 이별

자전거에 태워

어린이집 데려다 주는

10분도 채 되지 않는 시간

13개월의 딸에게

이 말 저 말, 잘 지내라고

오늘도 행복하게 보내라고

가는 내내 말했다

어린이집 앞

호출, 아파트 현관문이 열리고

잠시 후, 103호 문이 열리고

어린이집 선생님을 본 딸

그 전까지의 말은 다 잊은 듯

울기부터 하는

그저 울음밖에 없는

아빠, 가기 싫다고

아빠와 함께 있겠다고

그 말도 할 수 없어서

태어남이 울음이었기에

그 울음으로 간절히 말하는 딸을

외면하는

어린이집 선생님은

울음이 익숙한 듯

지켜보는 이별이 쉬운 듯
나는 괜히 마음이 짜안하고
속눈썹에 구름이 걸린 듯
습하다

딸아! 사랑한다

저녁 산책

둘이 만나
넷이 걷는 길

엄마 품에 안긴
별이었던 아이
노을로 따뜻하다

옅은 길을 총총 뛰어가는
밝음이었던 아이
소나무로 푸르르다

길마다 물드는
노을

길마다 자라는
소나무

길을 걸어
길로 돌아오는
짙은 길에 가로등 불빛
넷이어서 휘영청 밝다

밝음이었던 아이가
길섶에 민들레 홀씨 보며
입술을 동그랗게 모아
분다

날아가서
날아가서
이 길 저 길 닿는 곳에
꽃으로 꽃으로
피어나게

별이었던 아이
날아가는 민들레 홀씨 보며
언젠가 엄마 품을 떠나
나는 꿈을 꾸는

정민에게

<부제 : 별(태명)>

엄마의 품속에서

7월 2일 9시 19분에 태어난

딸아

그날부터 엄마는 행복했다

해를 끌어와

그 해가 넘어갈 때

달과 별이 어둠을 켤 때

어느 순간에도

곁에는 엄마가 있었다

밤하늘 달과 별이 떨어져 있어도

엄마의 품은 한 개의 별을 품었다

태양이 흩뿌리고 가는 노을보다

더 뜨겁게 이마가 타오를 때도

지붕의 고드름이 녹듯

콧물이 주르르 흐를 때도

마음이 찢겨질 듯

콜록콜록 기침을 할 때도

엄마의 체온은 너를 지켰다

시시때때

해와 달과 별을 만나

웃음을 짓고

울음을 내고

너는 컸다

낮에는 엄마의 가슴에 안겨 자고

밤에는 엄마의 가슴에 안겨 잠들다

엄마의 품에서 옮겨

별빛에 안겨 잠드는

어느덧 시간은 6개월을 꼭 채워

7개월째

쉬운 몸짓과 쉬운 말에도

쉬운 웃음이 터지는

엄마의 눈동자에 쓰여 있는

무한의 행복이 있다

그래서일까

엄마는 너와 눈을 맞춘다

오늘도

엄마가 그런 엄마가 있다

정민이가 아프다 -감기, 기관지염, 결막염이 있는 정민이

정민아

밝고 밝은 정민아

웃음이

멎지 않는 너는

웃음이

건강한 너는

낮에는

쓴 시간을 다 토해내듯

생기침을 하고

밤에는

노을을 끌어안은 듯

체온이 39도를 넘어가고

눈에는 눈곱이

코에는 누런 코가

몇 날 몇 달을

몸도 마음도

힘들 텐데

밝고 밝게 버텨내는 너를

아빠는 싫다 하는 네게

눈곱을 누런 코를 닦아주는 것으로
엄마는 싫다하는 네게
기어이 붙잡고 약을 먹이는 것으로
너에 아픔을 대신할 수 없어서
시간이 아파
너무도 아파
마냥 웃고 있는 너를 위해
한없이 웃어주는 것으로
아빠의 사랑을 꽃피워주고 싶은 게다
밝고 밝은 정민아
내 딸 정민아
사랑한다
아 아프지 않기를
어 어서 빨리 낫기를
두 손 깊이 기도한다

정민이의 첫 생일을 맞이하며

2012년 양력 7월 2일 4.0kg

네가 태어난 날이다

한 여름의 땡볕처럼 울었던 네가

어느덧 하루하루의 시간을 건너는 사이

첫 생일

엄마, 아빠로 불리어지는

행복을 선물받은 날이다

먹고 자고 놀고 또다시 먹고 자고……

어떤 포장지보다

귀한 엄마 품속에서 10개월의 기다림

그 후

세상 밖으로 끌어낸

울음과 웃음으로 엮은 시간

그 시간을 선물해준 너를

사랑하지 않을 수 없구나

어떤 날엔

아팠던 울음을 보살피고 기도했다

그런 날도

웃어주는 네가 있어 엄마, 아빠는 행복했다

엉덩이가 짓물러서 쓰라려도
이마에서 열을 내려놓지 못할 때도
네가 견뎌내는 모습을 보면서
엄마, 아빠는 네가
그런 네가 대견했다
나무처럼 성장하는 네가
세상 밖 거친 시간을
가슴으로 끌어안으려 하는 모습을 보면서
아직은
아빠의 두 팔에 의지해 걷는 모습조차
당당하더구나
때론 거칠게
때론 부드럽게 왔던 1년이라는 시간
첫 생일을 맞이하는
내 딸아
웃는 모습이
너무도 이쁘다
너무도 사랑스럽다
사랑하고 또 사랑한다

정원이 뭐 해?

나는
누구에게 물어본 적 있던가?
요즘 부쩍 말이 느는 딸아이가
자꾸만 물어온다
정작 딸아이는 알고 싶은 게다
아니 확인받고 싶은 게다
가끔 자신이 한 일조차 몰랐다
가끔 자신의 죄를 감추려고 했었다
나또한 누구에게 물어본 적 없다
스스로가 알고 있다고
그렇게 자만하며 살고 있는지 모른다
그런 나에게
딸아이는 서슴없이 묻는다
자신의 행동을
자신의 모습을
누구누구가 아닌
정원이 뭐 해? 라고
그럴 때마다
아빠는 뭐 해? 라고
묻는 것 같다

그래 나는 뭐 하고 있을까?
지나가는 사람 붙잡고
한 번쯤 물어보고 싶다
영주는 뭐 해?

첫 돌도 되기 전에 세상을 걷다

한 걸음 한 걸음이

뿌리를 지상으로 드러낸 나무 같다

마음이 앞서가고

몸이 쫓아가는

서툰 걸음 서툰 몸짓

지켜보는 불안한 아빠보다

걷는 것 자체가 즐거운 딸

이제 겨우 열대여섯 걸음밖에

걸을 수 없는

문밖 바람소리 잦아드는

퇴근길

집에 온 아빠를 향해

하루의 피곤함조차 말갛게 씻어주는

환영의 몸짓과 개나리꽃 웃음 피워낸 딸

집 밖으로 나가자고 손가락 가리키는

그 마음 피워내는

그 향기 어쩌지 못해

집 밖으로 나서는 길

아파트 현관문이 열리고

어떻게 알았는지

다가와서 반겨주는 바람이

싱싱하다

아빠의 팔이 버팀목으로
한 걸음 한 걸음이 싱싱하게 돋는
딸의 걸음
바람이 채워놓은 세상의 꽉 낀 틈을
흔들렸지만
힘겨웠지만
걷는다는 것으로
한 걸음마저 즐거움으로 기억되는
흔들려야 가는 세상이
오히려 안정되어 보이는
딸의 걸음
아빠의 팔이 버팀목으로 놓여 있어
내려놓은 걸음걸음이
어느새 세상에 들어와 있는
딸의 발걸음 닮은 6월의 싱싱한 잎이
바람에 바람에 푸르게 푸르게 흔들렸다

큰딸과 광양 5일장에 가다

1일과 6일이면

각 지방의 바람이 물든 옷을 입고

이른 아침부터 분주한 손을 놀린 흔적이

자판 위로 즐비하다

찬바람에도 쓸리지 않는 겨울햇살이

장사꾼의 자판 위로 모여든다

잠깐이 정착을 위해

내려놓은 물건이며, 채소, 생선, 과일, 잡화 등

세상을 채우는 소식과 물건이 다양하다

어느 누구의 발자국은 얼음으로 굳은 채

시장의 길을 버티고 섰다

얼음 발자국이 사람들 발자국과 겹치면서 녹는다

사람과 사람이 겹치는 시장

물건과 햇살이 겹치는 자판

물건과 현금이 겹치는 풍경

광양시장엔 겨울 사람이 지피는 현실

삶의 입김이 자욱하다

큰딸에게 자판 위의 이름 알려주기

다는 아니어도 이름을 아는 건

세상을 쬐금 아는 것이라고

그래야 세상과 버무려질 수 있다고

몇 번이라도 반복하며

큰딸에게 설명하고 이름 불러주기

18개월의 딸이 불러보는 이름이

낯설다 어색하다

광양시장을 둘러보며

아빠의 세상을 읽고 말하고 있기에

아빠가 아는 이름이 다가 아니라서

아직 많은 날

큰딸 곁에 겹치고 살면서

세상을 보여주고 알려줄 게 있어

아빠는 행복하다

훗날의

떠남이 있기에

큰딸아이와 산책

큰딸아이와 산책을 했다

가는 길이 즐겁다

행복의 세 잎 클로버 앞에서

웃음 짓는 딸아이가 행복해한다

행복의 세 잎 클로버 꽃으로 팔찌도 만들었다

마음에 행복이 걸린다

샛노랗게 피어낸 민들레꽃 향기도 맡았다

샛노랗게 마음이 들뜬 딸아이가

민들레 홀씨도 꺾어

후우 날려보는 딸아이의 마음이

민들레 홀씨처럼 가볍게 날아갔을까

딸아이의 시간이 날아가서

푸르게 피어있는 하늘에 닿았을까

날아든 햇살이 딸아이의 머리에서 한 움큼 눈부시다

교하 홈플러스 앞 교차로를 건너

롯데리아에서 소프트아이스크림을 샀다

달콤한 시간을 연신 핥는 딸아이의 얼굴에

달콤한 미소가 번진다

집으로 돌아오는 길에

아파트 울타리에 핀 붉은 장미도 보았다

딸아이가 향기를 맡는다

콧등이 붉다

한 송이의 장미 같다

딸아이를 안고 걷는

시간을 첨벙첨벙 건너는 사이

집 앞 계단

올라서야 할 세상과 마주했다

안고 올라서려는데

'정원이가, 정원이가' 한다

세상의 높이와 마주할 때

세상은 산책하듯 가야 한다

그렇게 살아가야 한다

아빠는 말해주고 싶구나

행복의 세 잎 클로버도

샛노랗게 핀 민들레꽃도

하늘로 날아가는 민들레 홀씨의 꿈도

달콤한 소프트아이스크림의 시간도

울타리에 핀 붉은 장미도

세상을 산책하듯 살아야 만날 수 있는

네 시간이다

힘들고 지칠 때

시간의 왼쪽 방향으로 가서

향기를 맡고 가거라

산책하듯

해바라기

처가에 4박 5일을 머물다
파주 집으로 가기 전
새벽
아쉬움의 정을 나누는
손녀와 할아버지
헤어지기보다
만남의 시간을 새기는
할아버지의 마음이 해바라기 같다
처가에 머무는 동안
손녀의 애교는
할아버지 마음을 웃게 하고
그립게 하고 사랑하게 했다
이젠 떠나야 하고
몇십 일이 지난 후
다시 만나기 위해
이른 새벽부터 떠남의 시간을 나누고 있는
손녀와 할아버지의 눈에 해바라기가 피었다

흔들리며 걷는

흔들리는 것으로
살아 있다는 것
살아 있다는 것으로
흔들린다는 것
세상을 본다는 것은
흔들리는 눈동자를 갖는 것
세상을 숨 쉰다는 것은
흔들리는 바람을 느끼는 것
삶의 벼랑
추락하기 전
바다를 보는 것은
흔들림의 바다를 갖는 것

요즘 들어 갓 돌 지난 딸아이가
걷는
길은 굳게 다져져 흔들림이 없을지언정
그 길을 걷는 딸아이가 자꾸만 흔들리는
숱하게 흔들리는 것으로
살아있다는 것을
길가 화단에 피어있는 향기를 맡으려
코를 대는 딸아이에게
꽃은 흔들리며 흔들리며

향기를 한 움큼 쏟아내는
흔들리며 걷는 딸아이가
세상을 아는 듯 모르는 듯
미소 짓는
지나온 길 위로 발자국이
흔들흔들 꽃이 피는

2부

생각의 직선

2012년도 12월 31일

숫자 하나가 넘어간다는 것
첫 딸이 참 많이도 컸고
둘째 딸이 태어나고 6개월째
아내가 더 예뻐지고
나는 아빠로 남편으로 더 굳건해졌다
저 산에서 솟은 태양은
내일이면 다시 솟을 테고
저 나뭇가지를 위로하는 바람도
내일이면 다시 와 앉아있을 테고
저 발자국을 찍어내던 길도
내일이면 새 발자국을 사푼히 떠받쳐줄 테고
나는
어제의 손목시계를 차고
내일의 시곗바늘에 새 희망을 걸고
마냥 저편 저 길 저 하늘
그리고 내 마음에서 돌아가겠지
그럴 때마다
두 딸과 아내가 쉼 없이 오고 가는
마음은
더 많이 더 깊이 사랑으로 채워질 테고

나의 노래를 위해

2012년 12월 31일은

그래서일까

저 어둔 밤 속으로 흩어지는 걸까

가족 1

처와 두 딸
걷는 걸음이 다르고
찍히는 발자국이 달라도
같은 방향으로
어긋나지 않게
손잡고 걸어줄 수 있는
우리

가족 2

나와 아내
그리고
두 딸이 짓는
시간의 집이 있다

한 남자가
한 여자와 만나
함께 부르는 시가 있는
시간의 집이 있다

태어난 곳
자랐던 곳
다름이 만나 같음을 엮은
시간의 집이 있다

보이는 곳도
보이지 않는 곳도
손에 손이 삶의 고리로 묶인
시간의 집이 있다

시간에 시간을 더해
사랑을 더하고

시간에 시간을 빼서
사랑을 키우는

나와 아내
그리고
두 딸로
비로소 가족이다

강화도 여행

마트에 가는 사이

강화도나 가볼까?

그리고 네 바퀴는

강화도 냄새를 따라 간다

두 딸과 아내는 에어컨 바람에 섞인

바깥 향기조차 좋을까

창가로 스치는 바람도 웃는다

함께 간다는 것

그것만으로 행복한 가족

한 번의 끊김 없이 달려온 터에

'편가네 된장'이라는 식당에 도착하고

늦은 점심을 맛있게 채웠다

식사 후 간절한 차 한 잔을 위해

찾아간 그린 할리데이

조각 케이크와 머핀, 케냐산 커피와 카푸치노

조각 케이크 한 스푼에

첫 딸의 자연스레 나오는 춤

그 무엇과도 바꿀 수 없는 몸짓

딸아이의 행복이

창밖의 불빛으로 뭉개지는 노을 같다

시시때때

둘째 딸의 터지는 웃음이

커피 향으로 번진다

뜻하지 않는 여행

뜻하는 행복

무엇으로 채울 수 없고

무엇으로 살 수 없기에

행복은 가족이 여는 아침 같다

하루의 시작과 끝에서

노을로 버무린 마음이 엮은

가족의 사랑

가족의 행복

한 가족이

강화도 여행을 와서

강화도 바람에 행복을 쓰고

집으로 집으로

바람을 안고 달린다

결혼 2주년

한 해가 더해져

또 한 해가

그대라는 사람과

시곗바늘의 의미를 찾는

하루해의 길을 따라

밤길의 달을 따라

넘실넘실 불어오는 바람같이

우리도 가는

우리가 가는

결혼 2주년

별이 두 딸의 눈처럼 빛나고

두 딸의 귀함으로

부모라는 낯설었던 이름도

한 해의 또 한 해의 부모로 살며

가슴 속 깊이 찾았고

두 딸의 몸짓마다 행복했던

그대 있음에

외롭지 않은 길

필연적 만남의 두 딸과

엮어 엮어 가는 삶을 하나로 꼬아

가족이라는 단단한 끈

홀로 홀로

발자국 덮어

둘이 둘이

걸었던 걸음

셋이 넷이 되어서

더 황홀하고

해가 솟고 지는 날 동안

달이 뜨고 넘는 밤 동안

나의 길을 의미 있게 엮어가는

그대 있음에

두 딸이 있음에

결혼 2주년

그

매 한 해가 설렌다

고당 한옥 카페

호랑나비가 꽃을 찾듯이
고당 한옥 카페를 다시 찾았다
그대와 나눈 눈빛 시간들
고스란히 추억 깃든 곳
아이스 아메리카노와 팥빙수 앞에 두고
한옥의 시원한 바람이
마음 깊이 드나들고
처마 밑 제비의 반가움은
어릴 적 제비가 찾아왔던 집의 기억으로
어느 해부터 찾아오지 않던 제비였기에
이곳에 그리움의 둥지를 틀었다
LP판을 돌리듯
제비의 째지직 소리
마음 깊이 정겹다
화단의 꽃들이 꽃잎이
호랑나비의 입맞춤에 파르르 떠는
바람도 시원한 고당 한옥 카페
뒤뜰이 보이는 방 안
여름빛이 새어 드는
추억이 팥빙수와 섞여
목구멍 깊이 시원하다
추억을 다 삼킨 후에야

고당 한옥 카페
추억의 기와 한 장 더 얹고 왔다

고속도로를 달리다

그대에게 가는 내 선택은

언제나 고속도로였다

삶의 피곤함조차

그대에게 가는 그 마음보다

빠르진 못했다

그렇다고

그대에게 가는 길이 순탄치만은 않았다

가끔은 지체되기도 하고

가끔은 정체되기도 했다

그렇다고

엑셀에 힘주는 것을 멈출 수가 없었다

유턴할 수 없는 길 위를

벗어나는 게

그대에게서 멀어지는 줄 알았다

낮부터 밤으로 이어지면서

빠르다는 게

고속도로의 이름이 아니라

그대에게 가는 길임을

어둑어둑한 길을

마냥 가는 달 같음을

그게 나의 고속도로였음을

공백

그대 없는 빈집

바람만 있다오

익숙한 집에

낯선 바람이 기다리고

좁은 평수의 아파트도

운동장 같다오

내 시간 갖기를 바랐던 건

그대와 함께 있을 때

철저히 혼자의 시간은 바라지 않는다오

지난날의 혼자보다

지금의 그대와 아이가 있는

꽉 찬 집이 행복하다오

잠시뿐이라도

그대 없는 빈집은

어떤 일기도 쓰여 있지 않은

공백 같은 것

그대와 아이가 채워갈 나의 일기장이

빈집에 펼쳐진 채로 놓여 있다오

거실 속 시계도 내 맘 같을까

그리운 향기로 함께할 날을 기다리고 있다오

공복

한 알 한 알
먹어도 먹어도

한 입 한 입
삼켜도 삼켜도

한 그릇 한 그릇
채워도 채워도

배고픔과 배부름
사이사이

채워지지 않는
그리움

그녀의 안경

그녀는
도수가 높은 안경을 낀다
연애할 때는 렌즈를 주로 끼고
결혼하고는 안경을 자주 낀다
세상이 변해도
그녀의 안경은 그대로다
변치 않는 사랑으로
그녀의 남편과 딸을 바라보지만
이미 있는 그대로의 세상을 담기에
흐려버린 그녀의 눈
그녀에게 안경은 세상을 보는 빛이다
세상의 흐름 속에
그녀의 흐린 눈을 대신하는
안경
있는 그대로의 세상 속에
안경을 껴야 하는 그녀
세상에 눈을 맘껏 내놓아도
그녀의 눈동자에 맺힌 세상은
흐리다
그렇다고 사랑이 뚜렷한 그녀에게
눈은 흐릿하지 않다
흐릿한 사랑이 아니기에

사랑이 있는 그녀의 마음속엔
남편과 딸을 보는 뚜렷한 눈이 있다
세상을 보는 눈이 흐리고
그녀의 안경이 세상을 담아도
그녀의 눈이 담고 있는 사랑은
그녀의 안경으론 대신할 수 없는 뚜렷함이 있다
그런 그녀의 안경을 본다
그런 그녀의 안경 너머 눈을 본다

그대

그대로 인해

설레지 않는 것이 없습니다

말로는 다 할 수 없는 말

그 말을 잊기 전에

수없이 되뇌이며 하게 되는 말

사랑합니다

소중함으로 다 이해하지 못하는 나는

고집스레 고집을 갖는 마음입니다

내 마음 무책임하게 던져놓고

그대가 추스르기를 바라는 나는

아직 못난 거울 하나 깨지 못해서입니다

몇 분만 지나고 나면

몇 분 전의 시간을 덮어버리고 싶은 마음

그대로 인해

사는 재미와 행복을 찾은 나는

사는 이유와 존재를 확인한 나는

두 딸의 모습으로 더욱 생생해집니다

다 사라지고 잊혀져도

기억해야 할 그대라는 사람

그래서 해야 할 말

사랑합니다

그대가 있는 그곳에도

그대가 있는 그곳에도

가을, 그 안에 국화꽃이 피었습니까?

별은 새벽에 피고

사방에 뿌려진 별빛 모아

노란 국화꽃이 아침을 여는

그대의 아침은 어떤 꽃으로 피었습니까?

금요일, 그대가 그리워 흔들릴 때

화단가에 피기 시작한 국화꽃을 툭

건드려봅니다

아직은 열리지 않는 꽃망울이

바람을 품고 흔들릴 때

필 듯 필 듯 멈칫하다가

그대 향한 시동을 켜면

서둘러 핀 노란 국화꽃이 별로 피는 밤

홀로 엮어간 시간을 뒤로 흘리며

헤드라이트에 핀

노란 국화꽃 두 송이 피워갑니다

가을을 피워갑니다

그대는 선희

지구, 시작이 끝이 되는 날 동안
열 바퀴를 돌아도
한 바퀴를 더 돌아도
결국 그대 앞에 돌아와 있는
나는
생각을 지워내도
다시 차오르는 생각
이름 모를 그림자를 지나쳐 왔던
나는
사는 것으로
그 이유에 닿기 위해
찾은 사람

그대는
선희

오직
내가 부를 수 있는 이름이여!

그대를 사랑이라 말하지 않는다면

그대를 사랑이라 말하지 않는다면
저 담장의 개나리꽃이 바람에
흔들리는 이유는 무엇이겠는가

그대를 사랑이라 말하지 않는다면
저 화단 가의 목련꽃이 새하얗게
웃어주는 이유는 무엇이겠는가

만남도 이별의 또 다른 얼굴이듯이
개나리꽃이 목련꽃이 속절없이 꺾여
바람에 흩날리는 것도 사랑이 아니겠는가

그대를 사랑이라 말하지 않는다면
굳이 꽃 피고 지는 순리에 아파하기보다
꽃 피고 지는 매순간이 사랑이지 않겠는가

그대의 사랑에

그대의 사랑에
나무는 나이테를 그리고
꽃은 피는 시기를 앞당기고
지는 해는 졌다가 아닌
달과 별을 켜두고 가고

그대의 사랑에
씨앗은 피어야 할 이유를 찾고
노래는 불러야 할 의미를 찾고
부는 바람은 맡아야 할
향기를 남기고 가고

그대의 사랑에
낯선 하늘에 포근함이 있고
낯선 바다에 깊은 사랑이 있고
낯선 세상에 엉켜 있어도
부를 수 있는 이름이 있고

그대의 사랑을

지루한 장마가 시작된 날부터
곳곳에 패인 상처가 남겨질지라도
그대의 눈물이 뜨겁게 끓고 있는 한
그대의 사랑을 찾을 수 있다

억수 같은 비를 피할 수 없어
발만 동동거리다 흠뻑 젖을지라도
그대의 심장이 뜨겁게 뛰고 있는 한
그대의 사랑을 만날 수 있다

낯선 얼굴이 거리마다 빗물처럼 흘러가도
그 흐름의 끝이 끝난 것처럼 생각될지라도
그대의 손이 뜨겁게 움켜쥐고 있는 한
그대의 사랑을 잡을 수 있다

끝까지 수천 갈래로 흘러드는 일조차
시작부터 다른 사랑일지라도
그대의 마음이 뜨겁게 낮은 곳에 있는 한
그대의 사랑을 품을 수 있다

그대이기에

수만 권의 책을 읽어도
그대 없는
한 줄은 의미가 없습니다

수만 번의 파도가 물결쳐 와도
그대 없는
바다는 낭만이 없습니다

수만 송이의 꽃이 피어도
그대 없는
꽃은 향기가 없습니다

수만의 만물보다
오직 그대이기에
하나라도 존재하는 겁니다

꽃

피었다 지는 게
어찌할 수 없는 일이지만
바람에 꽃잎 한 장씩 날릴 때마다
그때는 왜 몰랐을까
스스로가
아름다운 시간을 떼어낸다는 것
누구나 할 수 없는 일이란 걸

너와 만났던 날부터
꽃피워낸 날들
꽃봉오리 시간을 피워낸
지지 않는 꽃은 없을까
너와 피워낸 꽃이
지는 시기를 잊은 듯
꽃잎 한 장 떼어내지 못하는 걸

나 그대 아니면

나
그대 아니면
죽은 숨 쉬는
세상 속에 부질없는 이가 되지나 않았을까

나
그대 아니면
전등사 600년 은행나무로
500년 은행나무가 옆에 올 날을 예감하지 않았다면
100년의 혹독한 쓸쓸함을 견뎌낼 수나 있었을까

나
그대 아니면
내 삶의 언저리라도 가닿지 못한
맹목적 삶을 바꿀 수나 있었을까

나
그대 아니면
두 딸과의 행복
무엇으로 꽃피워 낼 수나 있었을까

나무처럼

그대여
뿌리가 뽑혀서라도
한 나무가 다른 나무에 몸을 기대듯이
그대 곁에 나무로 서 있는
손닿을 수 있는 거리에만 머물러다오
나무처럼
비바람에 맞는 것쯤이야
개의치 않으며
어떤 날은
그대 쪽으로 나뭇가지 기울여
그늘이 되고

어떤 날은

비바람 피할 수 있는

가로막이 되고

어떤 날은

그대가 추위에 떨 때

온전히 태워줄 수 있는 나무가 되고

사는 게

그대에게 가는 허락의 세월쯤으로

가벼이 여겨

마음의 곁가지마다

그대의 크기로 뻗어가는

나무처럼

서녘 하늘

노을 속에 붉은 나무로 사는

한 남자이고 싶다

내 가족

인생, 그 길에서 만난
누군가와의 만남을 생각하는 것조차
두렵게 만드는 그녀
그녀는 내 인생의 길이다

그런 그녀가 나라는 사람을 만나
사랑의 둘레로 낳은 정원이와 정민이
우주를 건너와 우리의 별이 탄생한
빛나는 아이들

봄의 빛이 깨우는 대지의 꿈이 있는
여름의 녹음 짙은 휴식이 있는
가을의 오색 빛으로 물드는 행복이 있는
겨울의 흰 눈이 덮어주는 따뜻함이 있는

내 삶의 길을 지워가도
내 삶의 나를 지워가도
내 삶의 단 하나 지울 수 없는
내 가족, 선희와 정원, 정민이

내 님

저기 저 하늘에
꽃 같은 구름아

흘러라
흘러

저기 저 내 님이
낮달로 떴다

달력

숫자이었다가
눈물이었다가
사랑이었다가
추억이었다가

오늘은
그대 만난 날이다

일이 차고
달을 넘어
연을 엮어

새날의 같은 달
새날의 같은 일

그대를 만났던 날부터
숫자 하나하나가
감춰진 시곗바늘로 돌아가는

달력 숫자 하나까지도
그대가 머문다
사랑이 머문다

달이 가다

비워가도

채워가도

길 따라 가는

길 잃어본 적 없는

길이 보이지 않아도

스스로 빛이 되어가는

가끔

빛을 흘리기도

빛을 발하기도

한쪽에서 다른 쪽으로

가는 내내

빛이 있든 없든

길이 보이든 보이지 않든

오직 가는 내내

비우면 채우고 싶은

채우면 비우고 싶은

너 하나로

가는 길을 아는

내게 있어

너는

길

닭볶음탕을 먹다

두 아이와 노는 사이
부랴부랴 닭볶음탕을
저녁 메뉴로 내놓은 아내

오직 나를 위한 끓임
오직 나를 위한 메뉴

같은 마을에 사는
동료 교사와의 저녁 약속도
15분을 미루고 밥 먹는 모습
흐뭇하게 지켜보며 눈으로 먹는 아내

익은 닭고기를 먹으며
익은 사랑을 삼키며
배가 부르다
사랑이 부르다

별은 간격으로 사랑한다

별은
서로의 간격을 지키고
그 간격만큼
서로가 빛을 낸다

나는
서로의 간격을 무시하고
내 사랑만큼
내 빛만을 갈망했다

너도 나도
간격이 필요한 걸
서로가 별이란 걸
밤하늘의 별을 보며 알았다

별이

저기 하늘
그곳엔
너 아닌 사람의 눈동자 닮은
별이 떴니?

여기 하늘
이곳엔
나 아닌 사람의 눈동자 닮은
별이 떴다

나 아니기에
더 말갛게 밝고
나 아니기에
더 초롱초롱히 빛나는

부부

한 여자와
첫
만남

긴 시간의
두근거림
그 후

한 여자와
동행하는
길

내려놓지
못한
나

점점
자라는
혼자의 욕심

부부로
사는 게
욕심일 수 없는

한 여자의
마음에
꽃피우는

한 남자의
삶이
숙성되는

부부
그 이름의 실체
사랑

잊지 잃지
않게
사는 것

사랑

출렁출렁
저 물빛
저 달빛
물오리 한 마리
수면 아래
달을 물었다
달빛이 흔들리고
호수가 일렁인다
아! 현기증

사랑, 다른 이유를 찾아도

왜

그대였을까

나무가 나무라듯

그대가 그대일 뿐

사랑, 다른 이유를 찾아도

나무처럼

다 견뎌내는

다 감내하는

그게 사랑이라고

사랑, 그대라서

기적 같은 일

사랑은

너와 나의 부모도
너와 나의 지역도
너와 나의 환경도
달랐다
그렇게 다른 삶이
만났다
너라는 색과
나라는 색이
하나로 섞이기 전
너와 나는 결혼을 했다
하나의 색으로 물들기를
갈구하는 삶일수록
무너지는 시간이었다
잃은 색이 많을수록
어지러운 시간이었다
어느 한쪽의 색이 아닌
둘의 색이 만나는
자식의 모습을 보며
그도 너와 나의 색과는 다르다는 것을
알았다
너와 나의 만남부터 같음으로
일관했던 건

다르다는 것
사랑은
하나의 색을 찾을 때까지도
서로의 색이 다르다는 것을
인정하는 게 아닐까?

사랑의 속사임

일상
그 일상

그 안
귓바퀴에 머물다

떼굴떼굴 굴러가버린
말

슬며시 놓고 온
말

미소 짓게 하는
말

마음 지글지글 끓게 하는
말

사랑이겠다

비가 내리꽂히는
어디라도 맞닿는 곳마다
꽃이 피고 사라지는 순간이 있다
찰나의 꽃이 피었다 지는 순간
그려지는 동심원
제 영역을 스스로 뭉개고
빗물로 합쳐지는
그렇게 흘러가는 것이
사랑이겠다

그대와 내가
어디라도 맞닿는 곳마다
꽃이 피는 날들이 있다
혼자 피우는 꽃이 피었다 지는 순간
멎어있는 향기의 동심원
제 향기를 스스로 뭉개고
바람으로 스며드는
그렇게 흘러가는 것이
사랑이겠다

생각의 직선

아무리 새까만 어둠일지라도
그대 있는 그곳에
그림자만 띄울 수 있다면
헤드라이트 불빛에 길 밝혀
그대 품에 내 시린 가슴
달래리
어둠을 겹겹이 뚫고 가는
밤길
생각의 직선은 도로를 달리고
별들이 뱉어낸 그리움의 빛이
총총 도로 위에 짙게 찍혀 있는
터널과 터널이 이어진 길
징검다리 건너뛰듯
그리움의 별을 밟고
그대 있는 방향점 찾아
지극히 달려가리

소파에 누워 있는 아내를 보며

하루의 바쁜 일상을 몇 고개 넘다 보면
저 끝에 보이는 시간
시커멓게 탄다
두 딸과 엄마
바쁜 시간을 편히 받아주는
일상의 고개가 평야처럼 누워 있는
소파
한 몸 겨우 누울 수 있는 공간
소파에 누워 있는 아내를 보며
참 바쁜 일상의 느린 시간의 가벼움 같은 것
7개월의 작은딸과
19개월의 큰딸
두 딸의 하루를 선물하기 위해
기꺼이 선물 포장이 되는 일
먹이고 씻기고 재우는
일상
그 일상의 단어를 최상으로 입혀지는
아내의 바쁜 하루

새벽바람이 해를 실어와 켜는
아침부터
몇 고개를 넘어가며 함께하는 두 딸의 시간이
엄마의 품에서
따뜻이 탄다
노을에 퍼진 어둠이 늘어나면
달빛이 늘어가다 줄어드는 밤 내내
바쁜 일상을 건조대로 널고
아내의 시간이 빨래처럼 말라가면
그제야 소파에 누워 보는 아내가
내 아내가
사랑스럽다

소파에 대하여

새벽이슬이 별이 되는
별이 창가로 켜지는
긴 하루
두 아이의 엄마라서
피곤의 색이 짙은
형광등 빛으로 켜지는 밤
두 아이를 재우고
한 잔의 커피 향에 달래는
된 마음
저린 손목에 한 장의 파스가
욱신거려도
아이의 울음이 손 안에 감긴 채
쌔근쌔근 잠들 때까지
두 아이의 엄마라서
하루를 사는
사람

두 아이의 밤이 잠들면
그제야
소파에 몸을 올려놓고
된 마음 가볍게 띄워보는
긴 하루
피곤의 무게만큼 움푹 들어간 소파가
짠하다

아내

한 생을 한날같이

많은 걸 깁던 날

바람의 겹겹

한 획으로 가르는

한 일

내 생의

당신입니다

아내를 위한 십계명

하나, 새의 노래로 아침이 밝듯
　나의 노래로 아내의 아침을 밝혀라.

둘, 낮과 밤이 해를 따르듯
　행복과 불행도 아내를 따르고 있음을 기억하라.

셋, 매 끼니처럼
　사랑의 고백으로 아내의 마음을 채워라.

넷, 스스럼없이 안기는 바람같이
　따뜻한 가슴으로 아내를 안으라.

다섯, 갈대가 또 다른 갈대에 의지하듯
　아내를 위한 든든한 갈대가 되라.

여섯, 시곗바늘이 도는 내내
　아내에게 감사하라.

일곱, 혀가 시퍼렇게 날이 설 때
　입술을 둥글게 말아라.

여덟, 사는 내내
    아내를 온전히 믿으라.

아홉, 언젠가 낙엽이 되어도
    오늘이 있는 한 무엇이든 함께하라.

열, 다른 어떤 이유보다
    아내라는 이름으로 사랑하고 사랑하라.

아내에게

그 무엇도
당신 없이 생각할 수 없습니다
마음에 들지 않아
쓴소리를 해도
나는 압니다
아니 몰라도
알아야 합니다
당신이
나의 평온이라는 사실
두 딸과 당신
당신과 두 딸
순서로 말할 수 없는
나의 삶입니다
슬퍼 웃고
기뻐 우는
당신에게 말할 수 있는 사실은
내 생의 전부로 살아간다는 것
내 생의 전부로 사랑한다는 것
나에게 없는 조각도
끼워 맞춰줄 사람도 당신입니다

당신이
내 아내이기에
……
사랑합니다

아내와 맥주 한 병씩 마셨다

아내와 오랜만에 맥주 한 병씩 마셨다

안주래야 쥐포와 감자칩, 새우깡

소파에 앉은 아내와

책상 의자에 앉은 나

기저귀 상자에 차린

너무도 소소한 술 차림

서로에게 가기 위해

채워야 했던 빈 술잔 같은 날

아내와 나는

기껏해야 맥주 한 병에

얼굴이 뻘겋게 달아올랐다

서로의 취기가 채 가시지 않은

결혼 3년차

그 이후를 그리며 사는

맥주병에 갇힌 연애시절의 기억을

벌컥벌컥 마시는 것 같다

취가가 오를수록

마음이 좋다

아내가 사랑스럽다

어느덧 시간이……

아내는 두 딸의 엄마가

나는 아빠가 되었다

결혼하고

참 엇갈린 마음으로

참 엇박자 마음으로

살아도

어느덧 참 부부가 되는

아내와 내가 나눌 공간이 있고

두 딸이 있는

소소한 시간이 고맙다

맥주 한 병씩 마시며

아내의 얼굴에 오른 그 뻘건 빛을

사랑하지 않을 수 없는

내 마음도 그 빛이라고

말하지 않을 수 없는

뻘겋게 뜨거워지는

밤이다

야식

배가 허했다
한 통의 전화를 하고
응답 있음
그 후
찾아든 포만감

마음이 허했다
한 통의 전화를 하고
응답 없음
그 후
찾아든 쓸쓸함

습관처럼
쓸쓸한 어둠이 짙은 밤이면
야식을 시켰다
그와 통화하고
달려와 줄 사람이 그리워

연리지

둘로 쪼개버린 사과는
다시 붙지 않을까
하나였다 헤어져 살던 사람
다른 뿌리의 가지였던 사람
바람의 온기도 느꼈던
하나였을 법한 사람
시간의 줄기를 키우는 사이
간격으로 버텼던 세월
스치고 스쳤던 시간이
인연으로 붙었다
태초에 하나였다
둘의 줄기가 하나로 합쳐지는
비로소
완성된 사랑

영원한 사랑

꽃이
피었다 지고
지었다 피고

너를
사랑한다. 그날이 와도
잊는다는 말

자연의 순리 같은
그날
거스를 수 없는 시간이 와도

꽃이 지고
꽃이 피는
다시 와 향기 열리듯이

이 별에서도
저 별에서도
잊는다는 말을 잊는다

운전 연습

시험 기간

조퇴하고 일찍 나와 그녀를 만났다

김밥과 주먹밥을 사서 기다리는

그 모습이 아름답다

그 모습이 아름답다

두 딸을 키우느라

단 둘이 보내는 시간이 더없이 설렌다

2학기 복직을 위해

운전면허를 땄던 그녀다

새 차를 샀고

운전 연습을 위해

그녀는 교하 중앙공원 사거리에서

기다리고 있었다

그녀를 만나러 가는 길은

자동차 엔진 소리처럼 떨린다

그녀와의 시간은

그녀의 새 차처럼 편안하다

그녀를 만나서

자유로를 달려 임진각에 도착했다

임진각 주차장

그녀가 운전대를 잡는다

항상 운전하는 내 옆에 앉은 그녀다

오늘은 내가 운전하는 그녀의 옆에 앉는다

차가 간다

시간이 간다

그녀와 나의 인생이 간다

서로가 다른

엑셀과 브레이크의 속도로 차를 운전해도

그녀의 마음과 나의 마음이

자동차 엔진처럼 뜨겁게 달아오르는

시간의 바퀴가 달려가는 자유로로

다시 운전대를 잡은

그녀의 삶의 속도로 빠르게 달려가는

운전 연습은 인생완성의 속도를 늦추지 않았다

자유로를 달려가는 내내

그녀의 옆자리여서

그녀의 동행자여서

삶이 뿌듯하다

이곳

그대 없이
밥 먹고 숨 쉬고
사는 건 사는 게 아닌

이곳

그대의 소리가 들리고
그대의 눈빛이 보이고
그대의 마음이 울리는

이곳

네 공간에 내가 있고
내 공간에 네가 있는
두 딸이 사는

이곳

언약과 맹세
동행과 사랑
나를 되새겨 찾아가는

이곳

그대 없이 사는 게
허락되지 않는
인생의 꿈같은

이곳

저편에 서 있는 그에게

저편에 서 있는 그에게

이편으로 오라고

다가오는 바람과

스쳐가는 휑함

옷깃을 흔드는 햇살과

잡아끄는 고독

집 떠난 발자국의 방황과

뒷걸음질 치는 시간

있는 건

남는 건

다 타버린 노을의 시커먼 가루와

바람에 낀 먹물

가로등 불빛에 씻는 기나긴 밤이 깊어갈수록

가로등 불빛이 희미해질수록

새벽으로

새날로

넘어섰다

이편으로 그가 왔다

첫 만남 그 이후가 더 설레는 사람

첫 만남 그 이후가
더 설레는
보는 즐거움과
듣는 행복감을 선물하는
사람

온종일 시곗바늘이
그 사람으로 맴돌게 하는
사람

발걸음 닿는 느낌을
가볍게 하는
꽃 피는 계절마다
생각나게 하는
사람

겨울나무처럼
빈 가지로 서 있어도
포근함으로 눈꽃 피우고
비의 내림으로
무지개를 그려 보이는
사람

두 딸의 엄마여도
한 남자의 아내여도
첫 만남 그 이후가
더 설레는
사람

추억 나들이

낯설게 웃던 시절은 가고
낯익게 웃는 표정이 남다

너와 나는 만났다
동행의 길이
너이기에 행복한 삶
너와 나를 닮은 아이들
그 아이들이 어린이집으로 가는
시간
너와 나의 방학 나들이
기억이 추억되는 날
연애하던 시절의 눅눅해진 기억을 꺼내
새 단장하는 마음으로 둘러보는
먹거리와 시(視)거리
하나, 둘 되짚어보는
너와 나의 떨림의 표정
끊임없이 다가가던 긴장과 설렘의 날들
오래전 푸른 잎이 지고 난 자리
두 아이가 돋고
결혼의 나이테를 세 줄 긋고
너와 나
결혼하고 아이들이 그려내는 표정에

행복한 날들도 잠시 묶어두고
지금의 시간을 있게 한
어제의 시간으로
떨림의 손 맞잡고
추억 속으로 한들한들 걷고 싶다

행복

아내가 웃는다
두 딸도 웃는다
그리고
나도 웃는다
아까부터 창문에 딱 달라붙어
유심히 지켜보던 바람도
웃는다
창문이 잠잠하다
창밖 나무에 바람이 걸렸을까
나무도 푸르게 푸르게 웃는다
저 앞 교차로에 차가
잠시 멈추더니
덜덜덜 웃는다
하늘엔
구름도 웃는다

행복의 크기

전세 6,500만 원과
250만 원의 월급인 나

연봉 3억
몇 억의 집인 너

돈과 행복의 비율도
이와 같을까

아내와 두 딸이 있고
그 웃음의 파도가 이는 집이 있다

따뜻한 밥과 국이 있고
가족을 담는 사랑의 눈이 있다

돈과
행복

어느 누가
행복이 크기를 말할 수 있을까

3부
아버지

4월, 눈이 날리다

4월은

누구의 기억을 꺼내기엔

아쉬운 날로

비였다가 추억으로 쌓였을

눈이 다시 날리다

진눈깨비라도 눈이라면

그때의 기억만 펼쳐 보일 수 있다면

간절함의 내리다로 기억되는

4월

기억의 한 가닥도 늘어뜨리기 전

누-ㄴ은 사라졌다

누구의 기억도

써놓지 못한 눈은

눈이었을 목련꽃만

벙긋이 피어놓고

4월은 간다

가족을 만나다 - 조카의 결혼식장을 찾으며

가까이 두고 볼 수 있는 시간이
점점 길어지는 삶
쓸쓸히 피고 지는
흔들림 잦은 들꽃이어도
세상에 뻗어가는 팔다리보다
먹먹한 가슴이 때론 허전하여
먼 길에 닿아 있어도
너무도 가까이 편안함이었다
너무도 따뜻한 솜이불이었다
나의 유년이었고
나의 청춘이었고
함께할 노년이었다

광양에 가다

파주에서 광양 가는 길
갈래갈래 길이 있어도
오직 한 길
점점 줄이며 가는 길
어둠 속 감춰든 길이
헤드라이트에 살아나는 길
할아버지와 할머니가 켜놓은
별빛 따라 가는 길
손주에 대한 그리움으로
짙은 속눈썹마저
뜬눈으로 지새우게 하는 길
가는 길이 먼 만큼
그리움도 길게 뻗은 길
꿈속에서나마 그리던 손주이기에
하염없이 시계만 바라보는 길
못 본 지 몇 달이 지났기에
더 단단히 끌어다 펼쳐놓은 길
어둠이 자정을 넘어
새벽 4시
가까이 그리움 풀어 헤쳐 닿았던 길

그대의 봄은 어디에서 오는가

참새 대여섯 마리가
가지뿐인 나무에 앉았다

이 가지 저 가지
발길 한 번 줬을 뿐인데

가지가 심상치 않더니
발길 닿는 자리에 새-순이 돋았다

그대의 봄은
어디에서 오는가

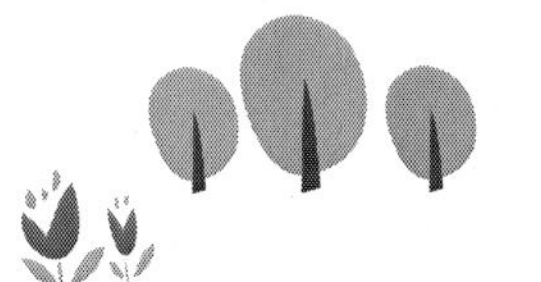

꽃과 바람이 만나다

저 꽃들
바람났다
겨우내 외로움 컸단 탓에
한나절을 흔들어대고
또다시 흔들어대도
지치지 않는 저 꽃들
빈 가지였던
바람도 외면했던 날이 길어
한때는 쓰러질까
고민도 했었을 텐데
계절을 슬기롭게 버텨낸
봄이 불러낸 꽃봉오리가 활짝
저 꽃들
꽃바람났다
화려한 시절이 짧다는 순간
저야 할 시간을 목전에 둔 순간
더 화려하게 추는
저 꽃 춤
연신 향기나게
하루가 다 지도록 춤추어도

별빛 켠 채
새벽이 올 때까지
저 꽃 춤은 멈추지 않는
어떤 이의 마음에 남겨진
청춘일지도

나무

<부제 : 너는 왜 나는 또 왜>

바보
무턱대고 서 있던 너였다
눈바람이 휘몰아치는
그 시간을 맞서겠다고
정든 잎들 다 내려놓고
그 쓸쓸함을
그 막막함을
누가 뭐라고 해도
누가 어떻다 해도
버텨내겠다고
기다리겠다고
왜 좋은 날이 없었겠는가
첫 만남이 무르익어
짙은 추억의 색이 바래진 채
거리를 채워야 했던 시간조차
묵묵히 눌러야 했던 너였다
그 자리 쉽게 떠나지 못하는
그 마음조차
구름처럼 흘려보내지 못하는

너를 지켜보는
한 사람의 마음이 깊어
이 겨울
추위에 부르르 떨던 너에게
옷 한 벌 지어드리려 눈이
저 눈이 내린다

나무 예찬

묵묵히 버티는 일

끝없이 참아내는 일

겨울이 가는 사이사이

봄의 기억을 마련해두었다가

잠든 잎을 조심스레 깨워

새 삶을 열어주기 위해

제 살을 찢어내는 일

그 아픔과 고통의 시간도

환희로 바꾸는 일

찌는 듯한 여름의 날카로운 햇살도

묵묵히 받쳐 들어

그늘을 만들어주는 일

가을이 왔을 때

세상을 뜨겁게 포옹하는

그 자세로 마음 빚어주는 일

또다시 봄과 여름, 가을이 지나고

겨울이 왔을 때

아무렇지 않게

묵묵히 버티는 일

끝없이 참아내는 일

단 몇 할만이라도 닮고 싶은

나무여

내일부터 장마

듣지 않아도 좋은 소식은 있다
말갛게 닦여진 하늘
가끔씩 새털구름이나 뭉게구름이
찾아들었고
한때는 먹장구름이 뒤덮고는 이내
사라지는 하늘
오늘까지도 비의 소식은 없었다
눈에 머물지만
어느 날에 흘러야 하는지 알 수 없는 눈물이었다
너를 만났다
사랑하고 사랑했다
그럴수록 고여 드는 눈물이
한동안 멎어 있었다
내일부터 장마
슬픔이 머문 지 오래되었다
홀로 우산을 펼 힘도 생겼다
억수같이 쏟아 붓고
이내 슬픔이 뒤덮고 길마다 흘러넘쳐도
내 슬픔의 자리는 피할 힘이 있다
너를 사랑하므로
견뎌야 함도 배웠다

그런데도 익숙하지 않은
내일부터 장마
가끔은 피할 수 없이 오는
비가
나는 두렵다

눈 - 악 쓰고 가다

악
너의 무게로 꺾인 나무가
아파할 수 없는 건
뼈마디 쑤시고
부러지는 고통도
묵묵히 받아내는 건
그 가련한 마음을 알아서였을까
꺾인 채
그 아픔 세월에 맡기고
그 시간 멎은 채 살아도
새살 돋는 나무가
어느 날에
사라져가는 너보다 낫다고
스스로를 위로했겠지

그 눈물 기억하며

새벽이면 그렁그렁 매단 채

새의 울음을 빌렸겠지

계절이 지나

다시 와 너는 나무의 아픔을 보고

잘 견뎌주었다고

잘 살아주었다고

포근히 감싸 안아주었어

괜찮았다고

나무는 휙- 푸르게 웃었어

그래서 말인데

그대의 무게로 꺾인 이 아픔

견뎌내고 있어

담쟁이덩굴

오르다
가파른 벽
바람조차 피해가는 벽을
한사코 찰싹 달라붙은 채
근근이 오르다
하루가 이틀이 삼일이
더 지나고
더 지나고
……

이쯤이면
다시 왔던 바람도 돌아서서 가는데
빛바랜 기억의 줄기만 남겨진 채
몇 개월의 시간 동안
놓을 수 없었던
푸른 손짓
오름의 기억
직선이 아닌
휘어짐의 자세로
빈틈 많은 세상을 꽉 껴안은 것인지
삶이라는 게 벽을 넘고 사는 것인지
벽이
벽이 아닌

푸르른 기억을 써 가는

담쟁이덩굴

그

벽을 움켜쥐며

타고 넘는 푸른 의지

저 환희의 손짓으로

어떤 이가

근근이 오르는 벽이

푸르다

마른장마

울고 싶을 때

마음이 슬프다 할 때

왜 눈물은 나오지 않을까

슬픔의 걸음은 어디서 왔을까

슬픔의 집을 짓고 사는 달팽이

새벽마다 소리 없이 훔치던 풀잎의 눈물은

누구의 슬픈 흔적이었을까

온몸으로 닦고 가는 슬픔

말라버린 풀잎의 슬픔은

바람만은 알까

초록이 짙은 풀잎일수록

슬픔이 짙다

하늘에 천둥, 번개를 꾹꾹 누르고

섣불리 울 수도 없는 날들이 있다

장마가 시작된 후

비가 내리지 않는

슬픔의 얼굴만 짙은

마른장마

슬픔이 더해갈수록

짙은 슬픔을 간직한 채

울 수 없는 날들도 있다

목련

봄은 하얀색의 너였구나
어디메냐 물어도
대답 없이 왔던 봄의 답은
너였구나
잎 틔우는 것보다
서둘러 핀 꽃
하얀 눈꽃 피던 나뭇가지의
끝자락
하얀 햇살같이 피어낸 꽃이
봄의 답, 너였구나
설렁설렁 부는 바람에도
잊지 않고 피는 꽃
그게 너였구나
봄의 답이었구나

목련꽃

목련나무
새-하얗게 꽃송이 꽃송이
새-가지 끝에
달아놓고
유년의 마음
피워 놓고
보란 듯이
청춘의 날 훤히 열어놓았다

짧은 청춘이여!
목련꽃 같구나!

바람 몇 번에
꽃잎이 짓물러 검게 탄다
꽃잎의 안쪽도
점점이 검게 번졌다
겹겹이 쌓인 하얗게 목련꽃 속
청춘의 촛대 하나 세워놓고
꽃잎은 땅으로 땅으로 꺾였다

세상과 깊게 접할수록
상처가 깊다

사람들 시선에 흔들리다가
검게 타고
바람에 또다시 흔들리다가
꽃잎이 스스르 녹는다
그리고
몇 날이 지났을 뿐인데
꽃잎 다 지고
그때야
목련 꽃 기억 푸르게
새-순이 돋는다

민들레

무질서하게 핀 꽃

듬성듬성 핀 자리가 샛노랗다

꽃대 하나 밀어내어

낮은 자리에

샛노란 꽃송이 피워놓고

바람이 지날 때마다

흔들리는 꽃

언젠가 바람 부는 날에

비상을 꿈꾸는 꽃

날개 없이 나는

바람이 터놓은 하늘길 따라

날아가는

도착지가 없는

어디든 내려앉은 곳에

뿌리 내리는 꽃

누군가의 손에 꺾기고

더 높은 곳을 꿈꾸어도

결국 낮은 곳에 다시 와

나를 올려다보는 꽃

둥글둥글 샛노란

마냥 웃음 같은 꽃

반딧불이

제 몸에 불을 켠다는 것
한낮에 그대에게
나는 무엇도 아니었다
벌레로 기억되는 것도
나쁘다 생각지 않았다
살아있다는 것
그것으로
족했다
한낮의 불빛이 바람에 쓸려
서녘 하늘에 걸리었다
불빛들이
차츰차츰 사라지고
불빛의 경계를 지나
별이 떴다
그 후
나는
너를 찾지 않았다
단지
너를 위해 빛이 되는
꽁지에 별똥별 달아놓고
지상에 켜둔 별로
기억되지 않아도

쓸쓸하여 지나가다
문득
어둠에 던져놓은 시선으로
어둠 그 깊이에서
빛이 되는 존재가 있다는 것
빛이 되어주고 싶은 존재로
살아 있다는 것
그 시선이면
나는 족하다

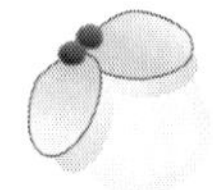

벚꽃 피다

아-저 벚꽃
새-하얗다
낱장의 꽃잎마다
바람이 엉겨
하늘거림
봄나들이 나온
여인의 치맛자락 같다
줄지어 선 벚나무 아래
다정히 걷는
노부부 한 쌍
하얗게 센
머리카락 위로 날아든
꽃잎
흘러간 젊음을
건너온 청춘을
벚나무마다
꽃등 켜 두었다

별 하나 있다

잊고 싶어도
그 자리에
그리다 지쳐 살아도
빛나는
별 하나 있다

지친 걸음 끌어가는
어둠 깊이에
잃지 않는 빛으로
내려앉은
별 하나 있다

밤안개 자욱하여
세상에 갇혀도
여전히 빛나는
그대 닮은
별 하나 있다

떠남 그 후로
붙들어 꽉 매단
그리움의 간격으로 켜둔
내 마음에
별 하나 있다

비 오는 날

하나의 선처럼
이어져 내리는 비는 없다
끊김,
하나의 빗방울이 또 다른 빗방울을 뒤따르는
내림의 속도
비라고 불리는 이유가 여기에 있다
구름 속에서
정처 없이 떠도는
바람의 이끌림이었던 날
무작정 뛰어내리는 그 무모한 외출
닿는 곳마다
찰나의 꽃 한 송이 피우는 것으로
위로하는 추억

가슴에 품은 아픈 날들
다 흘려보내지 못해
그대로 묻어둘 수 없어
빗방울이 또 다른 빗방울과 응어리져 흐르는
저 느림의 속도로 가는
빗물
저어 저 멀리서 들리는
다 안고 가려는 듯
밀려드는 파도

그리운 바다여
치유의 색이여

비 오는 날에

그대가 남기고 간 발자국 가득

비가 고입니다

그대가 걸어간 길이

그대로 남겨졌습니다

어딘지도 모를

그대가 걸어간 길을

한량없이 바라봅니다

마주할 수 없는

그 아득함

어떤 이의 발자국 위로

나의 발자국이 겹쳤을 뿐인데

그날부터

돌아오는 발걸음 소리에도

걸음이 뜨거워집니다

시골집 하늘에서 별을 따다

별 한 개 찾기도
힘든 도시의 삶
스위치 빛이 채운 밤으로
그저 막막한 밝음이었다
바라볼 수 없는
방향과 지표를 잃은
많은 날
시골집 하늘을 보다
촘촘히 켜든
퍼 담을 수 없는
너무도 단단히 묶여 있는
유년의 꿈이 빛나고 있었다

아버지

당신의 피부는 땅을 닮았습니다
생명의 땅
그 땅을 위해 평생을 손발이 되었던
아버지
지금껏 흘린 땀이
장마로 퍼부어도 못다 채울 겁니다
마음의 우물
그 깊이를 가늠조차 할 수 없는
역경의 삶
그 삶을 다 받쳐 살아왔기에
아들은 이렇게 세상의 텃밭을
당당히 버티고 섰습니다
소용돌이처럼 맴돌다 사라져버린 말들
다 꺼내놓아도
흘려보내지 못한 한마디
사랑합니다
당신을 존경합니다
세상을 빛낸 위대한 위인조차
당신 앞에선 작은 존재일 뿐입니다
내 삶을 곡식처럼 다듬고 가꾸어주신
정성으로
누구보다 더 건강하게 자랄 수 있었습니다

당신의 마음을 아프게도 했습니다
당신의 마음을 슬프게도 했습니다
그 세월은 바람 불어 갔습니다
장성한 아들은
두 딸의 아버지가 되었습니다
아버지 닮은 아들이 아버지가 되었습니다
아버지였기에 가능했던 아들의 삶이
여기 이렇게 있습니다
당신이 만든 마음의 우물을 두레박으로 퍼내어도
다시 채워져 있는 마음이었기에
아들은 바르게 살 수 있었습니다
변치 않는 우물 같은 사랑
땅을 사랑하므로
땅 같은 사랑을 품어주신 아버지
그 마음의 우물
당신의 아들이 아버지가 되어
아버지처럼 평생을 파겠습니다

아침 안개

앞 산
둘리어 왔다

잠옷 바람으로
잠 덜 깬 눈
산새 소리에 눈 비비며
기지개 펴는 산

비 내린 후
막 닦고
푸른 솔잎 옷 갈아입히는
어머니의 포근함으로

산으로 오는 발걸음도
묵묵히 덮어주는
어머니의 따뜻함으로

산 그림자 필 때까지
아침 안개는
서서히 걷힌다

어릴 적 나의 집

손의 느낌이 기억하는
어릴 적 나의 집

눈의 편안함이 남아 있는
어릴 적 나의 집

마음의 정겨움이 꽃피는
어릴 적 나의 집

추억의 서랍장이 있는
어릴 적 나의 집

부모님의 삶이 숨 쉬는
어릴 적 나의 집

어머니

산이 둘리어 있는 마을

내 고향 중군

그곳엔 어머니가 있다

냇가의 물소리조차

힘없이 흐르는 탁한 세월도

어린 시절의 비포장 길을

아스팔트 도로로 달려온 세월도

다 감싸 안으며 사신 어머니

청춘의 노래가 흐르는 사이

어느덧 손녀의 노래가 들립니다

6월의 땡볕이 더해진 뜨거운 사랑으로

양파 캐는 일을 했던 어머니

그 맵디매운 돈을 모아

손녀의 돌을 기념하여

목걸이로 내놓은 사랑

어찌 그 사랑을 가볍다 말할 수 있겠습니까

사는 것이

엄마로서

할머니로서

태어난 날부터
지금껏 살아오는 내내
사랑으로 기억되는
사랑 외엔 달리 말할 수 없는
어머니
아들과 손녀 끈을 팽팽하게
잡아주시는 마음
두 딸의 아빠가 된 아들이
몇 갑절 당겨보아도
어머니에게 자꾸만 끌려가는
편안함
어머니의 아들로 태어남이
사는 내내
다행입니다
행복입니다

엄마

엄마
제 나이 38세
그 시간 내내 불러도
아직 못다 부른
당신의 또 다른 이름
내 앞에
내 생에
놓여 있는 길이
무너지지 않은 건
엄마라는 길이
더없이 단단하였기에
더없이 사랑이었기에
남은 날보다
더 많은 날이
내 안에서 불리어지는
이름이기에
당신이기에
저는
오늘도
살아갑니다

엄마, 사랑해요

여행

바람처럼

길가에 서 있는 나무에 기대고 있다

도로 위로 바퀴 자국 새기며

함께 달려와

낯선 길에 서 있는

가족에게

푸나무에 기댄 바람이

익숙한 향기로 번지는 것도

낯선 시선이

익숙한 풍경으로 바뀌지는 것도

가족으로

바람의 매듭에 묶어

흘러가는 발자국이

서로를 엮어

가는 길이 오선지로

발자국 음표 그리며

마음의 노래

흥얼거리며

가는

길

왜 폭설로 또다시 내리는가

사랑의 날은

푸르른 날이었다

간혹

흐린 하늘이 드리우기도 하였으나

때마침 바람은 불어주었다

몇 고개를 넘어가는 게

사랑이라 여겼다

하늘은 푸르지만

늘 구름을 만났고

바다는 깊고 넓지만

늘 파도와 만났고

내 사랑은 온전했지만

늘 이별의 빛을 감추고 있었다

이별의 빛이 눈송이로 내려

추억의 두께만큼

거리거리 쌓였다

추억을 되밟고 갈 때마다

혼자라는 발자국만 선명하게 찍혔다

몇 날의 발자국 위로 희미한 햇살이 비추고

그럴 때마다 질퍽거리는 아픔을 흘려야 했다

그렇게 다 녹아버릴 줄 알았다
그런데 잊을 시간보다 너는
왜 폭설로 또다시 내리는가

울산, 정자해수욕장에 가다

슬픔이 많은 바다다
해변의 돌도 눈물을 닮았다
바다로 나간 사람과
그 사람을 기다리는 사람
하얗게 부서지는 파도가
슬픔의 옷을 깁는다
슬픔의 깊이만큼 짠 바다와
바다가 만들어낸 슬픔의 흔적
한 움큼씩 쏟아낸 눈물에
가슴이 몽글거린다
바다는 슬픔의 비취색으로
바다 갈매기의 애도의 날갯짓은
이어졌다
망망대해 망망대애(哀)
그 누가 말할 수 있을까
바다를 품에 안고 사는 사람의
슬픔
그 눈물이 울산, 정자해수욕장
해변에 가득하다
바다에 배가 떠 있다
그 바다가
하얗게 눈물을 쏟아내고 있다

작은 새이고 싶다

뒤돌아봐도
기억할 수 없는
단지 어제처럼 저 하늘에 번지는
노을
작은 날개라도 퍼덕이는
새가 되는 꿈
가지 끝에 나를 두고
바람에 실려 가는
끝내 만날 수 없는
드넓은 세상 외진 곳
그곳이 아닌들
저어 길로
날아가지 못하는
나는
몇 번의 날갯짓에도
힘겨워하는
나는
아침과 아침 사이
부리로 쪼아 나르는 시곗바늘이
그어놓고 간 공간에서
마냥 웃음 짓는
나는

저기 끝에 무엇이 있을까? 해도
날갯짓 몇 번에 닿을 수 있는
좁은 시공간
그 안에서 퍼덕이는
작은 새이고 싶다

장마 구름 1

닦을 수조차 없는
끝끝내 멈출 수 없는 시간도 있다
한 번 시작한 이상
강을 옮기듯이
휩쓸려 가는 시간도 있다
굽이굽이 가는 시간이 답답하여
큰 물줄기로 가는 시간도 있다
두둥실 떠가는 것이
힘겨울 때
다 내려놓고 가는 시간도 있다

어제의 그림자가 짙을수록
오늘의 빛이 강렬하다는 것

빛 그림자에 짓눌려 가는 시간도 있다
벗어날수록 헤어날수록
흠뻑 젖어야 하는 시간도 있다
받쳐 들어야 하는 무언가를
찾을 수 없을 때

기억해야 하는 무언가를
기억할 수 없을 때
억수 같은 비로 기억되어도
멎고 난 후
드리우진 하늘에 퍼런 셔츠의
단추를 하나하나 풀어보고 싶은
시간도 있다

장마 구름 2

흘러가다 흘러가다

쉬고 싶을 때

커다란 슬픔의 웅덩이 수천 개

터놓고 쏟아낼 시간도 없는

그저 막막함

흘릴 눈물조차 두려워

맘껏 퍼붓고

미련 없이 흘러가고 싶어도

너를

떠날 수 없어

밤새 꾹 참았던 눈물

남몰래 새벽녘에 찔끔 쏟아냈더니

어느 마을에서 홍수가 났다고

내 슬픔의 웅덩이 덜어준 것 같아

괜히 미안하다

점과 길

하나의 점으로 끝나는

마침표 같은 우리의 삶

어차피 찍고 가는

새가 나는 이유도

아니 새가 날아야 하는 이유도

무수히 많은 사람들이 찍어놓은 점

그 점 따라 가는 삶이

길이 되어주는 것뿐

우리의 가는 삶이 보이지 않을 때

그저 막막하고 막막할 때

잠시 눈을 감고

마침표로 남긴 수많은 사람들의 의미가

한 곳 한 점이 아닌

하나하나의 점이 연결되어 길이 되는

우리의 삶이 한 점으로 돌아가기 전까지

끝없이 가는 삶을 살아야 하는

저 하늘에 새가 훨훨

나는 이유일 뿐

친구

한 세월 보낸다는 것이
허전하지 않는
곁에 두고 바라보는 꽃보다
멀리 있어도 향기였던 너
서로를 위해 불지 않는
바람은 없었고
옷깃을 스치던 날들은
홀연히 떠난 후
고장 난 시계처럼 남겨졌고
바쁜 발걸음 옮겨 딛는
삶의 언덕은 가파르다
닿을 수 없는 날들이
점점 길어질 뿐이지만
함께 나눈 시간은
나무의 푸르른 잎으로
해마다 살랑살랑 자라고 돋는
언제나 기대어 쉴 수 있는
나와 같은 이름으로 불리어지는
너를
나는 또 무엇이라 부를 수 있을까?

친구를 만나다

새의 날개가 가르는 하늘을 사이에 두고
너와 나는
서로 다른 하늘의 시선을 가졌다
푸르게 아름답던 날도
먹구름의 날도
우리로 만날 수 없는 하늘이었다
그림자와 단둘이 걷는
빛의 배려도 사라지고
어깨와 손바닥에 스치듯 가는 바람뿐이었다
긴 바람이 지나고
어쩌다가
너와 나는
한 가닥의 길을 우연히 걸었다
그러다가
너와 나의 시선이 한곳에 닿았다
서로에게 전해지는 따뜻함이었고
네 어깨와 내 어깨의 기울기는 같아졌다

걸음 걸음이 춤추었고
시선 시선이 빛났었다
너는
해가 깊이깊이 져도
두려움을 뚫고 오는 샛별이었다
한 조각의 마음도
무엇을 새길 수 있을까 주저하던 나는
너를 만나
빛의 세계를 건널 수 있는
용기와 희망의 조각을 단단히 새긴 채
사는
나를
그런 나를 보았다

칼바람이 불다

쌓였던 눈은 녹지 않았다
바람이 가시처럼 따갑다
귀에 머물고 소리를 닫았다
입속의 말조차 얼었다
머리카락은
바람이 파고들어 떼춤을 춘다
눈물은 속눈썹에 매달렸다
슬픔을 놓기엔
아직 봄은 멀었다
구름 속에 비는
날을 새우고 있다
찔려야 할 순간
찰나의 추락을 꿈꾸었을까
비의 흔적이 송송송 구멍을 뚫었다
가슴에 구멍이 났다
그 가슴속에
칼바람이 불다
멈춰 서서
한동안 끝나지 않을 겨울을 남겼다

봄은
입춘이 지났어도
문 두드릴 생각조차 없다
슬픔의 구멍은
비의 추락으로 점점 커졌다
봄은 어디에서 오는가

푸르다는 이유로

또 하루가
그대의 걸음의 수로 더해져갔다
4월의 기억을 꺼내놓기엔
바람이 차다
담장의 개나리가 주춤거리듯
내 안의 그대가 꽃피는 일 또한
바람이 차다
푸르다는 이유로
제 살을 찌르며 산
아픔의 시간은
저기 소나무 같다
시간의 빛이
푸르다는 이유로
아픔도 빛도
그와 같을까?

할머니와 냉이

할머니
저 영주예요
너무도 많은 날 잊고 있었어요
세월이
문득 생각날 때면
할머니의 얼굴이 생생해요
전 그날을 잊을 수가 없어요
손자를 위해
냉이를 캐 왔던 날
넘어져서 무릎에 상처가 난
할머니를
그땐 왜 말하지 못했을까요
그 마음을 왜 알지 못했을까요
어느덧 할머니가
하늘에 집을 짓고 산 지도
많은 시간이 지났어요
제 나이가 38세가 되었으니
하늘의 집은 편안한지
지금에야 여쭙니다
할머니는 저를 매일 지켜보고
계시겠죠
손주가 잘 살고 있는지

손주며느리는 또 어떤지
증손주들의 웃음소리도 듣고 계시겠죠
할머니를 생각하면
세상이 조금은 편안하게 그려져요
사는 게
늘 인자한 미소로 편안히 그려냈던
할머니
하늘에서 잘 지내고 계시죠
아픔 겪다 끝내 하늘의 길을 택한 날
손주는 눈물이 나지 않았어요
울 수 없는 마음이 너무도 미웠지만
아마도 할머니가 말했던 것 같아요
울지 마라 영주야
울지 마라 영주야
할머니 얼굴이 생생한 밤이에요
제가 가는 길을 아셨는지
지도처럼 미소 짓던
주름과도 같음을
세월을 쌓아오면서 알았어요
할머니 살아생전에 전하지 못한 말
끝내 많은 시간 담금질한 말
지금에야 고이 접어 날리는 말

할머니

할머니

할머니……

생각나고 보고 싶고

한없이 그립지만

손주가 이제야 말합니다

감사해요

그리고

냉잇국 너무도 맛있었어요

지금도 마음이 따뜻해져옵니다

할머니……

사랑해요

4부

풍선 불기

63빌딩 씨월드에 가다

비밀의 문,

바다의 파도를 걷어낼 수 없다

바다 깊숙이 들어가는 비밀의 문을 열면

그제야 드러나는 신비

바다가 그립다는 사람들

아니 바닷속 신비를 들추어보고 싶은

호기심들

그래서 찾아간 63빌딩 씨월드

그 바다로 가는 길은

표가 있어야 하고

표의 확인을 거쳐 씨월드에 들어서면

구역마다 나뉜 수족관엔

동족이거나 공생하거나

수많은 시선보다

바다로 가는 길을 묻는 것 같은

물고기들

헤엄의 기억을 잊지 않으려

좁은 수족관을 헤엄치는 물고기들

어디서 와서

어떤 기억을 물속에 풀어내는지

수족관을 관통하는 감탄과 시선

그 감탄보다 그 시선보다

더 간절한 몸부림

잠깐씩 멈춰 서서 바다로 보내달라고

이곳엔 바다가 없다고

말하는 것 같기도 한데

휘갈겨 쓴 흘림체를 읽을 수 없었다고

이내 들킬까봐 지워버려서 몰랐다고

나조차 변명하듯 떠났던 수족관

발걸음만 분주히 옮겨 다니는 이기심들

아마도 그래 아마도

수족관 물고기들

바다로 가는 표를 사지 못했을까

그래서 뭍 물고기 같은 나에게

표를 구하는 걸까

4대강(한강, 금강, 낙동강, 영산강)

인간의 손으로
물길을 내고
강을 비틀어
확 뒤집어보아도
강은
굽이굽이 흐를 수 있을까

새가 떠난 자리는
어느 누가 살까

갈대꽃 피지 않는 강은
어느 누가 피울까

시멘트와 콘크리트로
강의 외형을 바꾸어도
강은
들녘을 수혈하며 흘러갈 수 있을까

손때 묻은 강은
시름시름 흐르고

강의 살점은

군데군데 패여 곪아터지고

병상에 누운 강은
노을에 기대어
수혈 받고 있다

4대강이여!
아직 살아 있는가

10월 31일

만 번의 흔들림 뒤에야
나무는 비로소 물이 드는데

나는 얼마나 더 흔들려야
나무처럼 물이 들까

돌고 도는 게 세월이라지만
가는 날은 다시 오지 않았다

나무는 때가 되면 피고 지고
흔들리다 절정에서 다시 졌다 그리고 버텼다

만 번의 흔들림으로 나무는 절정을 꿈꾸지만
나는 몇 번의 흔들림조차 얼마나 버거워했던가

10월의 마지막 날이
흔들리다 낙엽으로 졌다

가을 저편

가을 저편
쓰린 바람 움켜쥔 사람이 있다
꽃이 피고
나무가 물들고
햇살이 따사로이 내려도
가을 저편으로 걸어가는 사람이 있다
누구의 얼굴로
해바라기는 피었는가?
자꾸만 던져보는 질문에도
대답조차 망설여지는
사람이 있다
어깨 위에 앉은 낙엽이
그만큼의 햇살을 안고 떨어져도
구멍이 뻥 뚫려
가을 저편의 바람이 부는
쓰린 사람이 있다
가을 이편
나무는 누구를 위해 타는가?

가을나무로 서 있기보다

더는 털어낼 기억도 없습니다

눈부셨던 가을이 진다는 건

떼어내야 할 아픔도 많다는 겁니다

바람은 매정하지 않습니다

혼자서 하기 어려운 일이라 여겨

잠잠하던 바람을 깨웠습니다

간질간질하기도 하고

툭툭 건드려 보기도 했습니다

그럴 때마다

바람은

재채기를 하기도 하고

화를 내기도 했습니다

가을나무 밑으로 기억의 빽빽한 잎이 쌓입니다

한 겹씩 기억을 덮는 아픔이 쌓입니다

모든 아픔이 쌓일 때쯤

가을은 겨울 속으로 하얗게 지워졌습니다

나무엔

기억의 무게로 채울 하얀 눈이 쌓이고 있었습니다

가을나무로 서 있기보다

겨울나무가 되어 있었습니다

저

겨울나무에 한 마리 새가 날아듭니다

가을비가 내렸다

나무는 비를 피하지 않았다
그 자리에 서 있는 것으로
묵묵히 비를 맞았다
한동안 나무에 걸어두었던 기억은
눈물 같은 빗방울을 그렁그렁 매달았다
어떤 나무는
바래지지 않은 뜨겁던 기억이
푸르른 잎으로 남았다
하늘엔
빽빽한 구름의 어느 틈새로
비가 내렸고
머리부터 발끝까지
스며드는 비로 솜털이 파르르 떨렸다
이 비가 그치면
기억은 흘러가고
한낮의 뜨겁던 여름도
기억 뒤편에서 울긋불긋 물든 후
한 잎 한 잎 지워져가고
나무는 화려한 침묵을 깨고
가끔씩 찾아드는 바람에
살아 있다고

식은 게 아니라고
실핏줄 같은 가지를 흔들며
기억을 흔든다

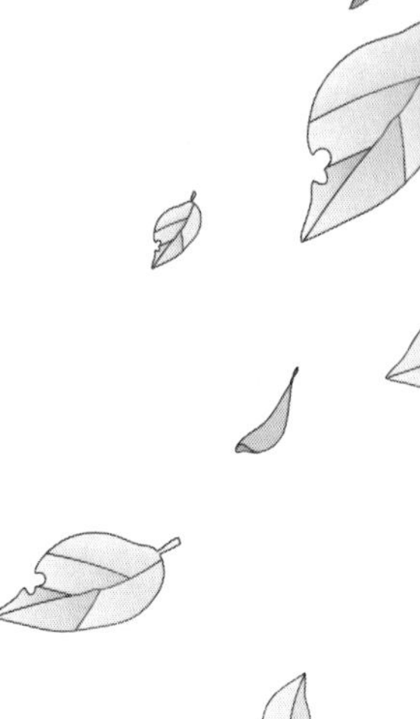

같은 혹은 다른

같은 걸음과 다른 걸음
둘의 걸음이 엇박자가 되어도
손잡는 거리
늘 그 안에 머물고 싶다

같은 생각과 다른 생각
그 생각 알아주지 못해도
우리의 생각
늘 그 안에 서 있고 싶다

같은 마음과 다른 마음
두 물줄기가 되어 흘러도
두물머리
늘 그 안에 흐르고 싶다

거미줄에 걸렸다

시골에 와 보니

하늘에 별도 참 많다

도시로 떠난 사람

별 하나 밝히기 힘든

도시의 하늘

거미줄에 걸려 헤어나지 못한 채

먹잇감으로 사는

별을 감춘 도시의 불빛에

달만 덩그러니 기억되는

환한 거리와 빈 하늘

도시의 불빛에 눈먼 사람

거미줄에 걸려 위태롭다

하늘을 잊은

별을 기억하지 못한

아련한 시간이 묶인 채

쉽사리 풀어지지 않는 삶

시골의 거미줄엔

먹잇감 대신에 별이 걸려 있다

별을 먹고 사는 시골 거미

별 없는 도시의 하늘을 끌어당기기 위해

거미줄을 뽑아내느라

꽁지가 아리다

겨울나무

저 나무의 끝
가지가 흔들렸다
빈 가지 하늘에 꽂고
아직은 흔들린다는 것
그것만으로 살아 있다는 것
예기치 않게 찾아드는 비로
그 틈을 타 눈물 흘리기도 하고
몇 날 며칠 내려오는 눈에
화려한 눈꽃으로 치장해도
언제나 다시 돌아와 있는 나무
외롭다 외롭다 흔들려도
당당히 빈 하늘에 가지 꽂고
버텨야 함
그게 나무, 겨울나무다

내 겨울이
저 나무 같구나

그게 가족이다

각자의 시계가 달리 가도
어긋나는 시간을
톱니바퀴처럼 맞춰갈 수 있는 게
그게 가족이다

어느 지역 어느 장소
좋은 것도 싫은 것도
함께 의지하며 나누는 게
그게 가족이다

앞서 가는 발걸음도
뒤쳐 오는 발걸음도
기다려 손잡아 줄 수 있는 게
그게 가족이다

꽃다발

언제 사 왔는지
알 수도 없는 꽃다발이
쓰레기봉투에 버려져 있다
제 몸을 꺾어
위안과 기쁨으로 묶었던 끈이
채 풀리기도 전
그대로 시들어버렸다
안개꽃이 감싸 안은 몇 가지의 꽃이
곪아버린 꽃잎을 매달고
화려함 뒤의 모습으로
지그시 눈감고 있다
삶의 순리라며
그저 쓰레기처럼
같이 버려지는 일
바람도 불지 않는 칙칙함에
향기는 잊은 지 오오래
그저 쓰레기의 일생처럼 쓰레기봉투에 담겨지는 일
마지막 쓰레기봉투의 매듭을 묶는 순간
나는 보고 말았다
아직 남아 있는 꽃잎에 흐르는 빗물을
새 꽃잎 피워낼 뿌리가
쓰레기봉투를 간질간질 뒤척이는 모습을

꽃이었기에
꽃을 벗어남으로
생의 마지막 단어가 한낱 쓰레기임을

낙엽

단풍잎 한 잎
반쯤 남아 있는 가을

그 잎이 뒹구는
보도블록

사람들이 잃어간
마음의 흔적

바람에도 바람에도
쓸쓸히 남겨졌다

반쯤 남아 있는 가을

내 안의 소리

들려오는
바람이 엉켜 붙어도
쉽사리 떼어지지 않던 소리
노을에 켜진 별 하나
가슴에 옮겨두지 못하고
들려오는 소리에 귀 열고
잔잔한 호수 위로 돌 하나 던져
마음은 끝닿는 데까지 밀려
한참을 고요하지 못한 채
어우둑 어우둑 추울렁 추울렁
세월의 빛이 한 조각 구름에 가리어
쏟아지는 햇살조차 막고 섰던
나의 그림자
내 안의 소리가 바깥 소리에 쫓겨
혼탁했던 마음
소리 너머 소리로
거울 속 사내의 입술에 붙은 침묵이
어느덧 꼼질꼼질 목청을 넘어
깊숙이 내 안의 소리로 잉태되는
검푸른 시간
들리는 소리

노을로 지다

서쪽 하늘로
한 마리 새가 날아갔다
돌아오지 못한 새
꺼져가는 태양의 잔해가 남겨진
서쪽 하늘
그곳엔 아직 꺼지지 않는 열기가 있다
달빛이 흐릿하게 비쳐드는 창가에
기댄 채 서 있는 그림자
함께 떠나지 못한
망연히 바라보는 서쪽 하늘
새는 떠난 지 오래
어둠의 경계를 넘어
빛 찾아 저 먼 달까지 갔을까
홀로 남겨진 나를
동쪽 하늘로 보낸 사람이
노을로 지다

눈-꽃

눈
꽃이 피기까지
차갑다
시리다
어떤 이는 참고 견뎌야 할 일

눈
꽃이
겨울나무에 핀다는 건
어떤 이와 함께한다는 것
그와 짧은 영화라도 함께하고 싶다는 것

달빛 1

그 밤
홀로 가는 게 외로워
하늘에 달을 찍어놓으니
그림자 슬금슬금 기어 나와
어느새
내 옆에 섰다

달빛 2

물결 따라 출렁
저 달빛

물오리가 문
이 어둠

저 달빛에 꿰어
반딧불이 꽁지에 매달았나 보다

리어카에 폐지 줍는 할머니

리어카에 폐지 줍는 할머니

인생의 바퀴가 힘겨워 보입니다

살아온 삶이 무거울 법도 한데

리어카에 실린 짐은 너무도 가벼워 보입니다

하루 줍고 하루 사는

우리네 인생도 그 리어카로 나르고 싶습니다

오르막길 버티고 선 두 다리가

부들부들 떨려도

오르는 길 멈춰서 짐을 늘리시는 할머니

자꾸만 나에게 주어진 짐조차

줄여보려 애쓰는 내가 얄팍해 보입니다

짐의 무게보다 몇십 갑절 적은 돈을

안주머니에 꾸겨 넣고

다시 길에서 폐지를 줍는 할머니 손엔

누군가가 버린 삶의 짐이 들립니다

언덕길 오르는 할머니 리어카를 보니

나의 짐도 얹어 놓은 것 같습니다

하얗게 센 머리카락을 지나온 바람이

내 앞에 뭐라고 휘갈겨 썼는지

눈앞에 안개가 낀 듯 흐릿합니다

두 다리가 부들부들 떨립니다

바람에는 소리가 산다

바람이 닿는 그 안엔

소리가 산다

침묵한 그들이

오래도록 침묵할 수 없는 건

아직 불어야 하는 바람이 있기 때문이다

어느 해 겨울

창문 밖 세상엔 혹독한 바람이 불었다

사람들 싸늘한 어깨 위에

독한 소리가 났다

귀는 소리에 취해

뻘겋게 달아올랐다

창문 안

내 안에도 소리가 났다

날마다 가슴속엔 바람이 불었다

겨울로 나갈 용기가 없는

5월의 바람이 10월의 바람이

마냥 불었다

바람이 닿는 내 안엔

가슴속에 남겨진 소리만 독하게 불었다

산정호수

겨울, 산정호수는 님 떠난 마음처럼
두꺼운 얼음 덮고
취침 중

산정호수 위
바람보다 날선 스케이트 칼날로
금 긋는 사람들

그 아픔 견디느라
얼음이
들썩 찌찌직

세상이 말을 걸어올 때 너의 언어로 노래하라

문득 저 하늘의 빛이

구름의 천으로 가리어 있을 때도

침묵의 노래로 바람이 갈겨 쓴

흐릿한 빛을 깨워

너를 위한 노래로 답하라

홀로 있는 시간의 집에서

막힌 창이 답답하여도

저 너머에서

세상이 말을 걸어올 때

너의 언어로 노래하라

시골집 하늘과 별

바람에 곁들인 겨울 맞이 독한
1월의 늦은 밤
시골집 마당에서 하늘을 보았다
달은 부풀어 올라 둥근 달
별은 꾹 눌러 찍은 마침표 닮은 별
도시로 흘러간 나의 시간은
하늘 없이 갔다
분주히 나는 새도 될 수 없었고
힘차게 가는 기차도 될 수 없었다
그냥 도시가 허락하는 시간이었다
별의 그림자 같은 가로등만
길게 늘어져 밤을 확인시켰다
그런 도시의 시간을 쌓아두고
시골집에 와서
시골집 마당에 박힌 별만 주워도
양쪽 주머니를 가득 채웠다
딸아이와 손 뻗어 싱싱한 별을 몇 개 더
따면서
잊었던 하늘을 보았다

쓸쓸함

도심의 밤하늘
빛이 잠들지 않는 거리
밤하늘 위에 가로수 그림자만
덩그러니 빛난다

일산시장 그

저 꽃,

꽃대를 흔들어 피운 코스모스

일산시장에 피었습니다

힘겨운 사람들이 어깨 기대고 피는

노란 국화꽃잎 닮은 사람들

자판 위에 갖가지 희망의 상품

지나는 사람의 손을 잡아끄는 바람

그 바람의 옅은 향기에도 발길 엮어든 사람들

일산시장 사거리

여전히 뻥튀기 아저씨의 몇 갑절 희망의 축포는 터졌다

달콤한 향기와 매캐한 삶의 또 다른 향기

일산시장에서 흥겹게 들리는 노래는

반신의 몸을 끄는 동냥꾼이 도로에 새긴 오선

그 오선 위

사람들이 지날 때마다 박히는 삶의 절절한 음표

가게마다 발길 닿는 소리

주머니 속 온기를 나누고

노점마다 가을의 빛을 엮어 핀

그림자꽃 향기가 그윽하다

일산시장 그

희망은 가을로

일산성당 십자가에 물들어 있었다

잠시 지나가는 바람이게끔 해다오

꺾지 않아도
힘든 세상
굳이 나를
다그치려 하지 마오
저 하늘의 구름도
때 되면 흘러가듯
나 또한 흘러가오
길 가다 나를 보거든
왜 날지 못하느냐고
묻지도 마오
날지 못하는 게 아니라
잠시 쉬는 중이라고
날개가 지쳤다고
날개가 꺾였다고
그래서 그냥
말없이 쉬는 중이라오
힐끗 나를 보고 가지 마오
모르는 척
잠시 지나가는 바람이게끔 해다오

저 언덕 너머
낭떠러지 벼락이 나올 때쯤
그때쯤 날으려 날으려
지친 날개 한번 펴 보려 하오
그러니 지금은 나를
나 없음으로 여겨다오
지금은 그렇게 해다오

장마

마구 뿌려대는 일이 속 시원은 하겠으나
그 억수 같은 비를 견뎌야 하는
나는
너를 부를 수도 없고
너를 그칠 수도 없다

한번 작정한 일은
끝이 나야 끝이 나겠으나
나는
그 끝을 기다릴 뿐
그 끝을 알 수 없다

떼구름으로 몰려와서 한동안 머물다 가벼이 떠남이
잊으라 잊으라 푸르게 웃음 지으라 하지만
나는
하늘 그 높이로 가지 못하는
지상 그 낮음의 흙탕물에 있다

저 들꽃 흔들리는 자리에서

저 들꽃
흔들리는 자리에서
바람이 분다
꺾일 듯 꺾일 듯
바람이 할퀴고 진물이 나도
흔들흔들 뿌리가 들썩여도
생의 축복은 언제나
다시 와 닿는 쓰라림에 핀다
눈물을 닦으면
눈물은 바람 속에 숨고
저 들꽃
바람이 닿으면
뿌리로 엉킨 눈물은
꽃대를 밀어내어
꽃으로 꽃으로 핀다

추석

흐르는 저기 구름아

오늘은 그곳

그리운 얼굴 닮았구나

바쁘다고

힘겹다고

발걸음 보내지 못했다

그리웠다

보고팠다

내 시간의 처음

지금껏 엮어왔던 질긴 정

끊을 수 없어

닿을 수 있는

그 길,

그 길 위에 놓여진 시간을

되밟고 가는

코스모스 가득 핀 마음

손에 손

한가득 들린 정

한가위 보름달로 떴다

한가위 보름달로 밝다

태풍(볼라벤, 산바)

왜 그랬나요?
어제의 시간을 얼룩으로 남겨두고
무심하게도
햇살은 가을을 엮어갑니다
나무를 꺾고
산의 살점을 떼어
농부의 한 해를 짓밟아 버리고
홀연히 떠나 사라져버리면
그만인가요?
그날의 하늘엔 먹장구름뿐이었어요
희망은 가려져버렸고
땅과 하늘의 공간은 칼날 같은 비만 서 있었어요
갈 길 잃은 발은 흙탕물에 잠기고
마음은 진창이 되었지요
벼는 아직은 여물지 않은
쓰러지기엔 이른 무게로 쓰러져 있고
산의 살점에 덮여 썩어가요
과수원의 과일은
바람이 한 입 베어 물고 버린 흔적이
농부의 심장에 마침표를 찍듯 흩어져 있어요

무엇을 바랬던 건가요?
누구의 마음을 흔들고 싶었나요?
그대가 지나간 자리마다
피 곪아 터진 상처만 남았어요
그럴 바에는 다시는
만남으로 남겨질 상처라면
예전처럼 모른 척 비껴 살아요

폭설, 그 끝은

폭설, 그 끝은
알 수 없다
내린다내린다내린다
그저 저 나무가 저 바위가
받아줄 때까지
버텨줄 때까지
행여 주저앉더라도
눈은 내린다
폭삭 주저앉은 적 있다
너무도 쉽게
너를 밀쳐내고
너를 외면하고

그 끝은 정해져 있었다
그러나
저 나무가 저 바위가
받아줌으로
버텨냄으로
저 나무에 꽃을
저 바위에 따뜻함을
틔울 수 있다는 것도
폭설, 그 끝을 본 후에야
나를 알았다
너무도 나약한 나를……

풍선 불기

그대 삶이 지칠 때

한 걸음조차 딛기 힘겨울 때

오늘보다 어제가 나을 때

멈춰서 바람 안고

폐 안의 공기 다 내뱉고

숨 한번 깊이 길게 들이마시기

이렇게 해도

자신이 어떻게 살아야 할지 암담할 때

풍선 하나 펼쳐들고

꿈, 사랑, 성취, 희망사항 등

자신의 갈망을 적을 것

그리고 풍선에 입을 대고

있는 힘껏 바람 불기

단 손바닥으로 가슴을 문대고

가슴이 뜨거워질 때

공기 불어넣기

뜨거운 공기가 풍선을 키우고

함께 커져가는 자신 보기

한동안 잃었던 자신 찾기

흰 눈이 내린다

흰 눈이 내린다
마른 가지에 쓸쓸함을 덮고
내려앉은 눈이
꽃이 된다
누구를 위해 피어난다는 것
한 번쯤 그래야 되지 않을까

흰 눈이 내린다
아무도 내려놓지 않은 흔적을 깨고
찍어 보는 발자국이
길이 된다
누구를 위해 길이 된다는 것
한 번쯤 그래야 되지 않을까

5부

교사의 길

8자 마라톤 줄넘기

너와 나 그리고 또 다른 너

돌고 도는 줄넘기 중심을 향해 뛰어들었다

네가 줄넘기 안으로 들어가서 뛰어오르고

밖으로 나가는 사이

나는 거침없이 안으로 들어가고

내가 줄넘기 안에 들어가 뛰어오르고 있는 사이

또 다른 너는 들어올 준비를 하고

그렇게 끊임없이 이어져가는

안과 밖을 잇는 너와 나

그리고 또 다른 너는

하나의 길이다

네가 나의 발자취가 되고

네가 하는 몸짓에 나는

망설임이 없다

내가 또 다른 너의 연결고리가 되는

줄넘기 안과 밖을 넘나드는

너와 나

그리고 또 다른 너로 인해

길이 되고

길을 잇는

줄넘기가 돌고 도는 곳

바람이 솜사탕처럼 감기고

풀리는 오후 내내

6월의 햇살이 그림자로 짙게 놓인다

줄넘기를 넘나들면서

너와 나 그리고 또 다른 너의 마음이

하나로 이어져갈 때

멈출 수 없는

쉼 없이 뛰어오르는 것으로

하늘은 푸르게 웃음 짓고

줄넘기 안과 밖

너와 나 그리고 또 다른 너는

세상을 이어가고

세상은 돌아가고

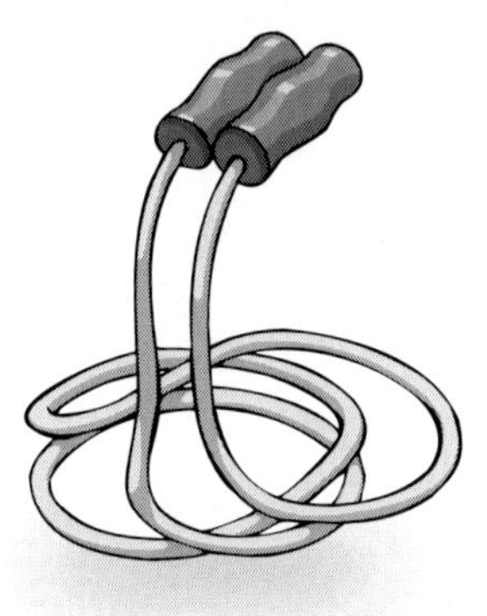

고추잠자리

수십 마리 고추잠자리의

어질어질 비행

점심시간, 운동장에 몰려나온 아이들 같다

빗물이 뚫어 놓은 허공으로

햇살이 촘촘히 박힌

한낮의 땡볕

바람으로

바람의 날개가 되는

고추잠자리

저 비행의 온몸이 뜨겁다

길 없는

길 잃은 아이들

운동장, 쉼 없이 긋는 선이 마냥 어지럽다

풀리지 않는 암호 같다

발 닿을 곳 없는

허공

나는 것 외엔 길이 없는

절박한 비행

그들은 알까

발자국 잇는 선처럼

삶은 어지러움으로 가득하다는 것

어느 누가

삶을 조심스레 끌어당겨
선의 매듭을 풀듯
고추잠자리가 되는 것
절박한 비행을 꿈꿔야 하는 것

교문 옆 소나무 한 그루 섰다

교문 옆

세월의 옷을 두른 까칠한 소나무 한 그루 섰다

묵묵히 버텼던 시간도

휘어져

죽음의 높이로 뻗은 초록은

하늘 가까이 뭉게구름 닮았다

바람의 밀어냄에

삶의 줄기를 근근이 붙잡고 있다

그 소나무에 까치 한 마리 앉았다

잠시 살피고

부리로 톡톡 쪼아보는 것이

흡사 인공호흡 같은

솔잎 몇 개 지상으로 툭툭

내려놓음으로

소나무의 심장이 살아 있음을

아직은 버텨야 할 푸른 솔잎이 남아 있음을

등굣길,

솔잎 같은 아이들

교사의 길

한 덩이 수박에
교사의 길이 있다
수박의 빨갛게 익은
속살 군데군데 씨앗이 박혀 있다
새 학기가 시작되면
수박씨 같은 30여 명의 아이들을 만난다
씨앗이 자라서
한 덩이 수박으로 자라기까지
교사는 한 덩이 수박 속살 같은
마음으로
그 군데군데 아이들을 박는다
때론 아픔의 씨앗일지라도
때론 슬픔의 씨앗일지라도

품고 가야 하는
밭에 옮겨지기 전까지
수박이 커가듯이
마음도 키워가는
씨앗이 새 씨앗을 품을 때까지
수박 속살 같은 마음
파내지 못하는
눈물로 여무는 씨앗일지라도
먼 훗날
마음을 쪼개고 밭으로 옮겨지는
그날까지는
열정으로 키워내야 할 씨앗이
마음 군데군데 자라고 있음을
잊지 않고 사는 것

교육이란 이름으로
<부제 : 말을 듣지 않는 학생을 교육했다>

너를 누르고

나를 세우니

내가 없고

너도 없다

버리지 못한 내가

오히려 너를 버리려 하니

수심 깊이 들어가지 못하고

물결만 가득하다

산다는 게

허점이고

숨 쉬는 게

모자람인데

너를

내 시선이 만든 틀에 가두려 하니

맞지 않는 건

시작부터 비롯된 일

끝이 없는 끝을 보는 마음이

너를 누르고

나를 세우는

우를 범하니

너의 눈에 그 눈물도

용기 내어 닦아주지 못하는

버리지 못한 자존심만

거칠게 폭발한다

교육이

너를 살게 하는 일보다

나를 살게 만드는 일로

볼멘소리뿐이구나

김원목, 나는 학폭담당교사이다

김이 푸른빛이 도는 건
　　바다를 안으려 했던 싱싱한 날로
　　아이의 마음을 헤아리고
　　아이의 마음을 어루만지는
　　나는
　　현산의 텃밭을
　　싱싱한 웃음으로 가꾸는
　　나는
　　푸른 사명으로 춤추고
　　푸른 마음으로 굳건한
　　나는
　　아이의 마음에 새날을 덧입히는
　　나는
　　학폭담당교사이다

원망스럽다 말하지 말라
　　오직 그대가 했던 일의 결과일 뿐
　　그대가 밉거나
　　그대가 싫어서가 아니라
　　그대를 더 깊이 사랑하는 방법을 찾고자 하는
　　현명한 도움자일 뿐이다

목기도 나무였다

꺾이려 하지 마라

멈추려 하지 마라

쓰임의 시간도

너를 다듬는 시간이 필요할 뿐

조금 어긋났다고

조금 넘어졌다고

주저하지 말고

쓰임의 가치를 배우고

쓰임의 행복을 느끼며

살아라

내 제자여

나는 누구인가

막 던져버렸다
풀어헤친 정신은
갈 곳 잃어 날뛴다
뚜렷한 방향도 없이
내뱉는 말은 말을 가장한
분노였던 것
창가의 빗줄기는
누군가의 울음과 섞였다
비와 눈물을 구분할 수 없는
비의 그림자만 창문에 그렁그렁
흐른다
바람이 떼어놓지 못한
지독한 말은
향기 없는 독화살이 되어
사방으로 날아가고 있었다

지금
나는 왜 사는가
무엇을 위해 사는가
어떻게 살아야 하는가

이런 질문조차 없는

막무가내

나를 잃어버린

그 시간을 덮고 싶다

그 시간을 잊고 싶다

지나고 나면

후회되는 게 삶이라고

어느 누가 말했던가

그 후회의 한복판을 서성거리는

나는……
나는 누구인가

눗다리밟기를 하다 -눗다리밟기 1등을 기념하며

너와 내가 다리가 되어준다는 것

어느 누가 마음 놓고 걸어갈

길이 된다는 것

함께 발판이 되어주지 않으면

더 이상 나아갈 수 없고

허리 숙여

등조차 편히 내어주지 않으면

낭떠러지 위태한 길을 걸어야 하는

어느 누가

어떤 길을 걸어가야 할 때

우리는 허리도 고개도 숙여야 하고

우리는 다리를 맞닿게 서로를 이어가야 하고

운동장, 그 시작도 끝도 없는 보이지 않는

그 한 지점을 향해 길을 만드는

서로가 서로를 의지하고

서로가 서로를 믿으면서

끝도 시작도

돌아가는 시곗바늘 따라

길이 되어 가는

너와 나는 단지

서로가 서로를 위해 길이 된다는 것

길이었다는 것

어느 누가 딛고 가는

편안한 다리가 되는 것도

어느 누가 밟고 가는

단단한 발판이 되는 것도

너를 위해

나를 위해

우리가 사는

우리가 있는

이유는 아닐까

문선희, 그대는 교사랍니다

문뜩문뜩 새는 기억이 났나 봅니다
　　날개 다듬을 시간조차 힘겨웠을 텐데
　　겨우내 기억을 잊어버린 나무를 위해
　　부리에 상처쯤이야
　　쪼아내고 쪼아내어 싹눈을 틔웠기에
　　벚꽃이 목련꽃이 개나리꽃이 피었습니다

선홍빛 진달래꽃이 봄의 기억을 태웁니다
　　6월의 장미는 푸른 가시로 뻗었습니다
　　한 송이의 장미꽃이 되기까지
　　새의 부리는 부르트고 갈라지고 찢겨도
　　그 고통의 그 아픔의 기억조차 잊은 듯
　　다시 와 장미 가시에 가슴이 찔려도
　　부리로 쪼아보고 쪼아보는 일

희망의 안, 그 안의 시간을 위해
　　입술에 핀 한 송이의 장미꽃을 위해
　　새가 되는 일
　　새의 부리가 되는 일
　　그 성스러움의 향기를 전하는
　　그대는 교사랍니다
　　그대는 봄을 여는 새이며
　　꽃을 틔우는 새의 부리랍니다

방학하는 날

바람의 사슬에 묶여

몇 고비 풀어헤친 다음에야

긴 시간 기다렸던 문이 열리듯이

걸음의 숫자가 채워진

학교의 빽빽한 일상도

빗물이 흘러가듯

하염없이 보내고 가요

새로움과 설렘으로

새 걸음이 닿기까지

지쳤던 마음도

울적한 마음도

흘러가듯 놓아두듯 두고 가요

다시 채워서 가는 걸음이

학교의 횃불 되어

아이들의 어둔 길 밝혀주는

새 빛으로 새날로 기약하며

잠시 학교를 떠나 있어도

떠날 수 없는

그대의 마음일지라도

잠시 자아의 성으로 들어가 쉬어보아요

그날에도

잊을 수 없는 아이들

마음 한쪽으로 잠시만 옮겨두고

아무 일 없듯이 쉬어보아요

학교 교문 옆 소나무에 앉은 까치가

물어오는 소리에 귀 기울이다

어느새 한 뼘씩 달려왔던

그날

광릉수목원, 자연으로 깁는 시간으로

자연의 숨으로 들어가서

잃어버린 여유를 찾아

그날의 시간 내내

자연의 편안함으로 쉬었다가

다시 돌아와 앉은 학교에서

새날의, 새 희망의 꽃

피어보아요

봄처럼 왔다

그대들은
봄처럼 왔다
목련보다 더 빨리
멈칫하는 다리를 옮겨 디디며
놓여진 길이라
가지 않으면 안 되는 길을 왔다
아침에 때 아닌 안개가
시선 끝에 매단 길을 지워도
가까이 다가오지 못하고
자꾸만 뒷걸음질 치는 이유가
그대 가는 길이
길이 아니었던 적이 없었기 때문이다

그대들은
봄처럼 왔다
담벼락에 기댄 장미나무의 가시도
긴 겨울에 무뎌졌다
봄은
장미나무의 시퍼런 가시부터
그대의 아픔으로 날 설 것이다
길을 잃어 슬프다 하여
길이 사라진 것은 아니다

그대는 여전히 길 위에 있고
그대의 첫 발의 무게로
길은 살아날 것이다

그대들은
봄처럼 왔다
참았던 긴 숨을 몰아쉬며
길은 한없이 꿈틀대고 요동칠 것이다
나무가 제 살을 찢어 틔워낼 새순으로
꽃이 피고 열매가 맺듯
그대의 시간이 힘겨워 상처로 찢겨져도
두려운 일이 아니다
그대가 꽃이 되고 열매가 될 것이다
두려운 길은
그대의 길을 감추고 있는
저 멀리서부터 지우며 왔던 안개 탓이다
안개는 걷힌다

사랑의 열매

이 말

사랑합니다

그 말

더할 말이 뭐 있겠습니까

그저

그렇게

그로 인해

그 만개한 꽃이 맺는 열매가

사랑의 이름을 갖기까지

그 꽃이

그 열매가

한 사람이 머금은 마음입니다

거스를 수 없는

물의 흐름 같은 사랑

그 꽃봉오리가 머금은 향기

그 후 만개

그 후 만개의 열매

이름하여

이름을 더하여

사랑의 열매입니다

스승의 날을 기념하며

어떤 날에
어떤 시간이기보다
그대로 인해
학교는 행복입니다

같은 공간에서
오르락내리락할 수 있는
그대로 인해
학교는 행복입니다

같은 공간에서
눈 마주칠 수 있는
그대로 인해
학교는 행복입니다

꽃 한 송이 피는 일보다
꽃 한 송이 피워내는
분주한 오늘도
그대와 함께라면

쓰린 상처와
기나긴 고통의 시간일지라도

한순간도 특별하지 않은 날이 없는
오늘은 행복입니다

그대는 나의 스승입니다
함께하는 순간순간이
배움의 시간을 엮어가게 하는
만남부터 행복입니다

시험

물음표로 사는
너를

어떤 대답을 요구하는
너를

나는
그저 바라보았다

씁쓸히
시간이 흘러간다

어떤 대답도
풀어낼 수 없었던 나는

그 어떤
대답 대신

긴 한숨의
느낌표 하나 가슴에 찍었다

아파트 옥상이 한 뼘씩 자라는

아파트 옥상이 한 뼘씩 자라는
햇살의 당김으로
봄이 왔다
한 겹의 바람이 지날 때마다
햇살은 빗살처럼 내리 꽂힌다
희망이란
어쩜 잠든 나무를 쪼아대는
새의 부리 같은 것
일상의 바람이 숨죽여 있다가
학교의 시간 바늘로 돌아가는 사이
새의 부리가 되어
잠든 아이의 심장을 쪼아보는
나는
바쁜 나날의 고리를 엮어가는
나는
한 겹의 바람처럼 머물다가도
나는
교사라는 사명과 사랑으로
한 사람의 발아를 꿈꾸는
나는 교사다

잎과 바람

몸부림치는

저 잎을 보아라

함께 있어도

철저히 혼자라고 말하는

저 잎을 보아라

수천의 잎이 있어도

찾아드는 존재의 부재

흔들려서

흔들려서

끝내 뿌리치지 못하는

바람

장미 보다

마음이 화안해졌다
장미여!
남모르게 붉게 붉게 피었구나!
시간의 거미줄에 사는
뭇 마음이 바람에 흔들릴 때마다
그 마음 품으며
붉게 붉게 피었구나!

해가 뜨고
노을 속으로 걸어가는 내내
장미여!
너는 잊지 않고 피었구나!
울타리, 학교 안과 밖의 경계의 삭막함보다
푸른 가시로 제 살을 찌르며
그 시간마저
누구하나 지켜봐주지 않아도
겹겹의 꽃잎마다
붉게 붉게 피었구나!

경계의 울타리를 넘나드는 바람도
향기로움으로
학교 밖의 차가운 시선도

아름다움으로
학교의 울타리를 희망의 울타리로 바꾸는 것도
그 안에 사는 뭇사람을 아름답게 바꾸는 것도
남모르게 하고 있었구나!
장미여!

오늘에야 너를 만났다

제1회 현산작은음악회

그대들이여
소리 없이 피는 그 어떤 꽃보다
아름답게 피어나는
그들이 울리는 마음의 소리를 들었는가

그대들이여
수줍게 피는 그 어떤 꽃보다
무대 위에서 수줍게 서 있는
그들이 울리는 뜨거운 심장을 보았는가

그대가 들었던 음악은
최고이기 전에
떨림의 오선이 만든
당당한 울림이었다

순위의 싸움이 아닌
서로가 서로를 위해
오직 자신답게 연주하는
오직 자신답게 노래하는

음악으로 하나의 시간을 엮어
무대 위의 그들이나

무대 밖의 그들이나
서로가 서로를 위해 음악이 되는

제1회 현산작은음악회의 특별함보다
더 특별함을 선물했던 그들과
모두를 위한 엄마들의 무대
무대 위와 무대 밖을 구분할 수 없는 특별함

하나의 연주가
하나의 노래가
무대 위의 마음과 무대 밖의 눈빛으로
둥글둥글 끝이 났다

축구를 하다

아직은 끝난 게 아니다
그들의 마음은
잔디 위를 달리는 신발처럼
단단히 묶여져 있었다
바람 따라 날리는 머리카락도
그들의 마음을 아는지
뒤따르고 있었다
잔디 위로 숱한 발자국이 돋을 때면
턱턱 가을바람이 턱 끝까지
넘쳤다
아이들은
마침표 닮은 축구공이 멈출까 봐
그들의 일기가 멈출까 봐
달리고 달렸다
신발에 닿고 떠난 축구공은
그들의 일기가 시작되는
점이었다
그들은 벌떼같이 잔디밭을 날으며
까르르 웃었다
차고 또 찼다
두 다리는 달리고 있었고
서녘하늘엔

하늘로 차 올린 축구공이 타올랐다
경기가 끝난 뒤에도
그들은
공을 쫓았다

학교

먼지처럼 날아들어
먼지처럼 떠나고 싶어도
남겨진 시간의 추억이
멈춰서 기다리는 곳
왔다 가는 게
들렀다 떠나는 게
시간의 흐름이라지만
얼굴 얼굴이 그립고
교실 교실이 정겹던 곳
3년을 걸었던 발걸음이
한 뼘씩 커져왔고
3년을 만끽했던 바람이
따뜻이 감싸줬던 곳
친구와 친구를 만날 수 있었고
교사와 담임을 만날 수 있었던 곳
나를 찾을 수 있었고
나 아닌 사람을 안을 수 있었던 곳
어지럽게 찍혀 있는 발자국을
하나하나 데려갈 수 없기에
떠남으로 졸업으로
오래도록 기억되는 곳

회갑

<부제 : 안일홍 교장선생님의 회갑을 기념하며>

가을을 지나

겨울, 또다시 봄이 오고

여름도

청춘같이 타올랐던 순간처럼

저기, 저 지났고

시간의 순리로

처음 태어난 울음의 기억을 되짚어

한 걸음씩 왔던

61년 전 오늘

태어난 해로 돌아와 앉은 세월 앞에

당신은 무엇을 보여주려 합니까?

당신은 무엇을 들려주려 합니까?

초침보다 빠르고 가파르게

백발의 머리카락이 억새꽃처럼 피어났고

얼굴의 주름이 바다의 깊이로 덮어버렸습니다

길마다

삶마다

들꽃 향기가 바람에 날립니다

당신의 향기가 바람을 채웁니다

숱하게 만났고

숱하게 헤어졌던 사람들이

마음 한 자락 채워주는 것으로

덧없는 시간

위로했을 겁니다

한 잔의 술로

취하고 싶던 시간은

절절한 외로움의 겉옷이었습니다

처음 태어난 해로 돌아와

겉옷이 없던 시간으로

훌훌 벗어버리는

당신의 길에 한 줌의 햇살로도

뜨겁게 안아드리려 합니다.

삶의 길에 놓인 당신의 발걸음을

하나, 둘 닮는 사람이

여기 있음을

오늘에야

말하려 합니다

연을 맺어준 말씀

"상식적으로 살라."

그 말씀에 마음으로 살아가는

부부가 여기 있음도

말하려 합니다